民國文化與文學研究文叢

十四編

李 怡 主編

第 26 冊

一個中國新詩人
——穆旦論集(下)

易 彬 著

國家圖書館出版品預行編目資料

一個中國新詩人──穆旦論集(下)／易彬 著--初版--新
北市：花木蘭文化事業有限公司，2021〔民110〕
目 4+168 面；19×26 公分
（民國文化與文學研究文叢 十四編；第 26 冊）
ISBN 978-986-518-537-4（精裝）
1. 查良錚 2. 中國文學 3. 文學評論
820.9   110011223

ISBN-978-986-518-537-4

9 789865 185374

民國文化與文學研究文叢
十四編　第二六冊　　　　　　　ISBN：978-986-518-537-4

一個中國新詩人
──穆旦論集(下)

作　　者　易彬
主　　編　李怡
企　　劃　四川大學中國詩歌研究院
總 編 輯　杜潔祥
副總編輯　楊嘉樂
編　　輯　許郁翎、張雅淋、潘玟靜　美術編輯　陳逸婷
出　　版　花木蘭文化事業有限公司
發 行 人　高小娟
聯絡地址　235 新北市中和區中安街七二號十三樓
　　　　　電話：02-2923-1455／傳真：02-2923-1452
網　　址　http://www.huamulan.tw 信箱 service@huamulans.com
印　　刷　普羅文化出版廣告事業
初　　版　2021 年 9 月
全書字數　237587 字
定　　價　十四編 26 冊（精裝）台幣 70,000 元　　　版權所有·請勿翻印

一個中國新詩人
——穆旦論集(下)

易彬 著

目

次

上　冊

第一輯 ……………………………………………………… 1

詩藝、時代與自我形象的演進──編年匯校視域
　下的穆旦前期詩歌研究……………………………… 3

　穆旦前期詩歌的版本譜系、異文概況與編年問題 … 3

　異文分析（一）：各類技術性的問題 …………… 10

　異文分析（二）：標題與字詞的異動 …………… 15

　異文分析（三）：詩行的大幅調整 ……………… 24

　異文分析（四）：重寫的詩篇 …………………… 32

　修改行為：整體局勢與自我形象 ………………… 37

　由穆旦詩歌匯校談到作家文獻整理的諸種因素 …… 44

　結語………………………………………………… 52

個人寫作、時代語境與編者意願──編年匯校
　視域下的穆旦晚年詩歌研究………………………… 53

　《智慧之歌》等詩與穆旦晚年詩歌的寫作時間
　問題………………………………………………… 54

　《停電之後》：令人疑惑的謄錄之誤？ ………… 58

　《黑筆桿頌》《神的變形》：現實政治因素的滲入 … 62

《冬》之修改：「老朋友」的勸誡與時代語境的
效應⋯⋯⋯⋯⋯⋯⋯⋯⋯⋯⋯⋯⋯⋯⋯⋯⋯ 67
大致結論與拓展看法⋯⋯⋯⋯⋯⋯⋯⋯⋯⋯⋯ 72

第二輯 ⋯⋯⋯⋯⋯⋯⋯⋯⋯⋯⋯⋯⋯⋯⋯⋯⋯ 77

**「保持傳統，主要是精神上的問題」──從穆旦
寫作看中國古典詩學資源傳承的新局勢** ⋯⋯⋯ 79
「新」與「舊」：歷史的糾葛 ⋯⋯⋯⋯⋯⋯⋯ 80
一個中國「新詩人」⋯⋯⋯⋯⋯⋯⋯⋯⋯⋯⋯ 83
中國知識分子的質詢與「非中國化」的表達 ⋯⋯ 86
古典血液的復活與藝術化人生的追尋 ⋯⋯⋯⋯ 92
結語：「保持傳統，主要是精神上的問題」 ⋯⋯ 96

**雜文精神、黑暗鬼影與死火世界──穆旦與魯迅
的精神遇合** ⋯⋯⋯⋯⋯⋯⋯⋯⋯⋯⋯⋯⋯⋯ 99
「魯迅的雜文」：歷史的動力 ⋯⋯⋯⋯⋯⋯⋯ 99
「夢境」與「時感」：現實語境的蛻變 ⋯⋯⋯ 102
「鬼影」與「黑暗」：現實擔當的異徑 ⋯⋯⋯ 105
「敬奠」與「默念」：守夜者的精神形象 ⋯⋯⋯ 109
「死火」與「死的火」：心靈的異象 ⋯⋯⋯⋯ 112
結語⋯⋯⋯⋯⋯⋯⋯⋯⋯⋯⋯⋯⋯⋯⋯⋯⋯ 114

第三輯 ⋯⋯⋯⋯⋯⋯⋯⋯⋯⋯⋯⋯⋯⋯⋯⋯ 117

**被點燃、被隱匿的「青春」──從異文角度讀解
《春》及穆旦的詩歌特質** ⋯⋯⋯⋯⋯⋯⋯⋯ 119
異文：解讀新路徑 ⋯⋯⋯⋯⋯⋯⋯⋯⋯⋯⋯ 119
從「女郎」到「你」：視線的移換 ⋯⋯⋯⋯⋯ 121
由個人經驗的表述到青春本身的書寫 ⋯⋯⋯⋯ 123
自我隱匿或主體分裂：穆旦詩歌的重要特質 ⋯⋯ 125

**穆旦的「愛情」與愛情詩的寫作──從新見穆旦
與曾淑昭的材料說起** ⋯⋯⋯⋯⋯⋯⋯⋯⋯⋯ 129
「放在你這裡可靠，將來見面時再給我」 ⋯⋯⋯ 129
「我幻想一種生活，我們快樂的過在一起」 ⋯⋯ 132
「瑪格麗就住在岸沿的高樓」 ⋯⋯⋯⋯⋯⋯⋯ 136
「因為那用青春製造的還沒有成功」 ⋯⋯⋯⋯ 139
「我們一切的追求終於來到黑暗裏」 ⋯⋯⋯⋯ 142

下　冊

第四輯 ………………………………………………… 145

「平衡把我變成了一棵樹」——「穆旦」在
新中國的短暫重現 ………………………………… 147
　「肅清反革命，思想改造」 ……………………… 147
　「不應有的標準」 ………………………………… 149
　多重「鼓勵」 ……………………………………… 152
　「我的葬歌只算唱了一半」 ……………………… 155
　「有多少生之呼喚都被淹沒！」 ………………… 158
　「這個『時代』的夭亡和總結的宣告」 ………… 161

「文藝復興」的夢想衝動——晚年穆旦翻譯行為
述略 ………………………………………………… 165
　「談譯詩問題」：翻譯的再出發 ………………… 165
　撞見了「丘特切夫」 ……………………………… 167
　《唐璜》開始翻譯 ………………………………… 171
　三重動力 …………………………………………… 173
　「奧登」與「現代詩選」 ………………………… 178
　餘論　新時期的到來與穆旦譯著的境遇 ………… 182

第五輯 ………………………………………………… 187

「她嶄新的光明的面貌使我歡快地激動」——從
新見材料看回國之初穆旦的行跡與心跡 ………… 189
　廣東，新起點 ……………………………………… 190
　開始填寫「認識」「動機」與「感想」 ………… 192
　與妻子材料的對照 ………………………………… 198
　「我在答應此事時心中有矛盾」 ………………… 201
　餘論　「精讀過俄國文學」 ……………………… 205

「自己的歷史問題在重新審查中」——坊間新見
穆旦交待材料（1966～1973）評述 ……………… 209
　個人交待材料 ……………………………………… 210
　《新報》相關的外調類材料 ……………………… 214
　其他的外調材料 …………………………………… 219
　「查良錚平時不言不語，從不暴露自己的思想」 · 226
　餘論　「一隻小檯燈仍伴著他的工做到很晚」 … 232

第六輯 ⋯⋯⋯⋯⋯⋯⋯⋯⋯⋯⋯⋯⋯⋯⋯⋯⋯ 235

集外文章、作家形象與現代文學文獻整理的若干
問題——以新見穆旦集外文為中心的討論 ⋯⋯ 237

地方性或邊緣性報刊與文獻資料的發掘 ⋯⋯⋯⋯ 238

時代語境、個人形象與文獻選擇 ⋯⋯⋯⋯⋯⋯ 241

集體類文字、文獻權屬與歷史認知 ⋯⋯⋯⋯⋯ 243

檔案文字與未刊手稿 ⋯⋯⋯⋯⋯⋯⋯⋯⋯⋯⋯ 247

結語 ⋯⋯⋯⋯⋯⋯⋯⋯⋯⋯⋯⋯⋯⋯⋯⋯⋯⋯ 250

捐贈、館藏與作家研究空間的拓展——從中國
現代文學館所藏多種穆旦資料談起 ⋯⋯⋯⋯⋯ 251

書刊捐贈與作家交遊、文學傳播等方面的信息 ⋯ 253

手稿的三個向度，手稿（再）發掘的意義 ⋯⋯⋯ 256

翻譯手稿、穆旦的翻譯者形象以及譯稿的處理 ⋯ 261

餘論　關於「文獻工作的協作機制」 ⋯⋯⋯⋯ 266

附錄　手稿圖片與釋文 ⋯⋯⋯⋯⋯⋯⋯⋯⋯⋯ 268

附　錄 ⋯⋯⋯⋯⋯⋯⋯⋯⋯⋯⋯⋯⋯⋯⋯⋯⋯⋯ 291

「他非常渴望安定的生活」——同學四人談穆旦 293

後　記 ⋯⋯⋯⋯⋯⋯⋯⋯⋯⋯⋯⋯⋯⋯⋯⋯⋯⋯ 309

第四輯

　　「新中國的穆旦」是一個受到較多關注的話題。

　　新中國初期從美國留學歸來的穆旦，迅速成長為一位翻譯家，接連出版譯著，以本名「查良錚」示人；詩歌寫作則處於停滯狀態，僅在 1957 年「短暫重現」。「穆旦」與「查良錚」──即詩人與翻譯家兩種不同的身份，在新中國處於一種截然分離的局面，其間應是明確包含了穆旦對於時代語境的感知──風雲變幻的大時代對於一個渺小的個體產生了複雜的壓力，造成了個體形象的分裂。

　　而從目前所掌握的文獻來看，「查良錚」得到了更為持續的發展──即便是被打成「歷史反革命分子」之後，翻譯是穆旦當時主要的寫作行為，在看不到出版機會的情形之下，仍然進行了大量的翻譯，其景狀有其複雜性，其間的境遇與心態值得細細剝索。

「平衡把我變成了一棵樹」
——「穆旦」在新中國的短暫重現

「肅清反革命，思想改造」

　　對穆旦而言，1954 年 11 月開始的「外文系事件」尚未了結，一個更具威懾力的事件就已經拉開了序幕，這就是從 1955 年 2 月開始的「肅反運動」。「外文系事件」主要是南開校園之內的一個局部事件〔註1〕，「肅反運動」則是一個在全國範圍內產生深遠、廣泛影響的歷史大事，兩者接踵而至，對穆旦的境遇有著直接的影響。

　　「肅反運動」全稱為「肅清暗藏在人民內部的反革命分子運動」。本年 2 月 5 日，中國作協主席團舉行第十三次擴大會議，決定展開對胡風文藝思想的批判。胡風的「意見書」的二、四部分作為《文藝報》第 1、2 期合刊的附錄發表。5 月 3 日至 6 月 10 日，《人民日報》連續發表了三批《關於胡風反革

〔註1〕綜合多種材料來看，南開大學外文系的問題由來已久，外文系領導和部分教師之間關係較為緊張，部分教師感覺到領導的工作作風有問題，感覺到自己不被重視或受到排擠。發生的契機則是因為 1954 年 11 月陳逵在一個被認為是不恰當的時候被要求調職，巫寧坤、查良錚、張萬里、鍾作猷、司徒月蘭五人曾聯名上書校長做出挽留，部分教師的情緒和態度在一些場合、特別是「紅樓夢問題研究」座談會上多次表現出來。校方後採取一系列措施，將以巫寧坤為首、周基堃、查良錚等人積極參與的部分教師定性為反對領導的「小集團」，對主要人員進行了行政處分。此事引起的波動較大，持續時間較長，中共中央辦公廳責成高等教育部黨組來瞭解處理此事；後，外文系被停辦一年，部分教師因此被調動工作。參見易彬：《穆旦與「外文系事件」風潮》，《新文學史料》，2012 年第 3 期。

命集團的材料》。毛澤東為這些材料寫了大部分的按語。「肅反運動」全面展開。8 月，中共中央發出《關於徹底肅清暗藏的反革命分子的指示》。

天津為「肅反運動」的重災區，「七月派」成員阿壟、魯藜等人均在天津。大勢之下，南開校園之內也是風潮湧動，5 月 21 日，南開校報《人民南開》新第 90 期發布了本月 11 日第三次校務會議通過的《南開大學關於開展學術上的自由討論和批評的決議》，並開始整版刊登「提高警惕 批判胡風」「堅決肅清胡風集團和一切暗藏的反革命分子」的文章，校報上的批判一直持續到該學期結束。

據 1955 年 10 月穆旦本人所填寫的《履歷表》，9 月，他參加了南開大學的肅反運動，共 18 天，主要內容為「肅清反革命，思想改造」；當年參加中國遠征軍的問題重新被提出，成為肅反對象。妻子周與良在家中「幫助」他解決思想問題，按照周與良的回憶，此前，穆旦已經將參加中國遠征軍的經歷向領導作了如實的講述，自己以為交待清楚就行了，事實卻並不這麼簡單──

> 1955 年肅反運動，良錚是肅反對象，我也不能參加系裏肅反會議，後來才聽說本來打算把我列為肅反對象，可是歷史上實在找不到任何藉口，只好讓我在家裏「幫助」良錚。他每天上午 8 時就到外文系交待問題，中午回家飯吃不下，晚上覺也睡不著，苦思苦想。我勸他有什麼事都說了吧，問題交待清楚也就沒事了。領導說他不老實，連國民黨員身份都不肯交待。實際上他真不是國民黨員。他當英文翻譯時，杜聿明、羅祐倫兩位將軍經常和他談論文學、詩歌，非常喜歡他寫的詩，有時讓他讀詩。良錚非常苦惱沒有可交待的，可是又被逼著交待。1956 年，按一般政治歷史問題予以結論，我們也都放心了。〔註2〕

當時的同事巫寧坤的回憶之中，對此也有較多記載──

> 春去夏來，對「胡風反革命集團」的鬥爭升級，在全國範圍內大張旗鼓開展「肅清暗藏的反革命分子運動」。大街小巷和南大校園裏到處都是紅布橫幅，宣告「堅決、徹底、完全、乾淨地肅清一切

─────────────

〔註2〕周與良：《永恆的思念》，杜運燮等編：《豐富和豐富的痛苦》，北京：北京師範大學出版社，1997 年，第 157～158 頁。按：穆旦在交待材料中，對「國民黨員身份」一事也有提及，但予以了否定。

反革命分子」。九月一日南大開學，校長在全體師生員工大會上宣布停課搞「肅反運動」，號召全體師生員工人人積極參加運動，揭發檢舉……

　　……全校動員大會後，文學院立即召開全體教職員一百多人參加的大會，主持會議的黨員聲色俱厲地宣布我不僅是南大的頭號「暗藏的反革命分子」，而且是一個「反革命集團」的頭目。集團成員包括查良錚、李天生和德語講師周基琨。〔註3〕

　　在另一處，巫寧坤寫到：「良錚秉性耿直，遇事往往仗義執言，自然觸犯了某些人。及至『肅反運動』的風一刮起來，我們二人都順理成章地當上了『肅反對象』，開始嘗到了『言禍』的滋味，我們之間的咫尺也竟然成了天涯。折騰了半年多之久，總算暫時風平浪靜」。〔註4〕

　　對於穆旦而言，1956年予以結論意味著到1955年末期或1956年前期，運動風潮逐漸散去，一切似乎暫時平靜下來了。他甚至有閒心坐下來寫了一篇《不應有的標準》，對於相聲藝術的標準問題發表了意見。

「不應有的標準」

　　天津號稱曲藝之鄉，穆旦可能從中學時期就已對民間曲藝有所關注，到南開之後，他還常常和巫寧坤「一道騎自行車去逛舊城的南市，欣賞與當前政治宣傳無關的民間藝人表演」。〔註5〕

　　《不應有的標準》寫作的時候，穆旦的境遇已經有了不小的改變。按常

〔註3〕巫寧坤：《一滴淚》，臺北：遠景出版事業有限公司，2002年，第38頁。
〔註4〕巫寧坤：《旗　　憶良錚》，杜運燮等編：《一個民族已經起來》，南京：江蘇人民出版社，1987年，第148頁。按：根據南開大學檔案館所存「外文系事件」檔案之《關於外文系事件的總結報告》（1955年4月20日油印），處理意見為：巫寧坤是「外文系事件的倡導者」，周基堃「外文系事件的暗中積極支持者」，「給予口頭警告處分」；查良錚「在這次事件中表現是粗暴的，受人慫恿的，缺點也是不少的，惟因回國不久，未參加思想改造運動，而查先生本人在若干場合又有較老實的初步檢討，故不予論處。」後來也有文章談到，「外文系事件」爆發之後，先是「被繫領導定性為『反黨集團』，上綱批判」；後來，學校黨組織考慮到『『反黨集團』不妥，改稱『外文系事件』」，見張家林：《「同情組」和它的第一個小組紀實》，《南開校友通訊》復第25期，2002年。
〔註5〕巫寧坤：《旗──憶良錚》，杜運燮等編：《一個民族已經起來》，南京：江蘇人民出版社，1987年，第148頁。

理推斷，在經歷了一連串的事件和磨難之後，穆旦對於時代應是懷有某種警惕心理，「穆旦」遲遲沒有露面，多半也是警惕心理使然。但從《不應有的標準》的寫作來看，這種警惕心理應已逐步解除。

時代語境的變化顯然更為令人矚目，從1956年中段開始，「雙百方針」的提出與貫徹一時之間形成了一種相對寬鬆的文化環境。6月13日，中共中央宣傳部長陸定一的《百花齊放，百家爭鳴》刊載於《人民日報》。此前，毛澤東分別於4月28日在政治局擴大會議上及5月2日在最高國務會議上的兩次講話中提出「百花齊放，百家爭鳴」的方針。陸定一的文章即是對於該方針的官方闡述，文章經過了毛澤東本人的審閱修改。

在一種鼓勵「爭鳴」的語境之中，1956年6月11日，穆旦作《不應有的標準》，6月30日，該文刊載於《文藝報》半月刊第12期，署名良錚。

《不應有的標準》列入《文藝報》的專欄《怎樣使用諷刺的武器？——關於相聲〈買猴兒〉的討論》。《買猴兒》是當時風靡一時的相聲，作者是何遲，據《文藝報》第10期刊載的《關於相聲〈買猴兒〉的爭論》，1954年11月《買猴兒》初刊《瀋陽日報》，之後曾在數家刊物發表過（中間曾有過若干修改），「各通俗讀物出版社曾印單行本，中央人民廣播電臺和天津等地電臺也都廣播過這個相聲。在群眾中間，《買猴兒》的影響很大，各地報刊、廣播電臺經常收到群眾對這個相聲的意見，各地群眾文娛活動中也經常演出這個節目」。《買猴兒》發表後，肯定和批評的意見都很多。

《買猴兒》寫的到底是什麼？今人多半已不知曉，但它所塑造的形象卻是人盡皆知，那就是馬大哈。《買猴兒》的主角馬虎成性，鬧出了許多令人啼笑皆非的事：一邊接女友的電話，一邊往油桶上貼標簽，結果香油標簽貼在桐油桶上，桐油標簽貼在香油桶上，貨物發走之後，食品廠端著桐油糕點、家具廠舉著香油漆過的桌椅來興師問罪。後來，在寫文書時，又將「今派你到東北角XX廠買猴兒牌肥皂五十箱」寫成「火速買猴兒五十隻」，害得採購員去東北、廣東、四川，跑了大半個中國，掀起了一場買猴兒風波。

從1956年5月30日的第10期開始一直到8月15日的第15期，《文藝報》開闢討論專欄，目的是要「通過對《買猴兒》這個爭議很多的作品，聯繫到如何創作和評價諷刺作品的問題，來展開自由討論」。應該說，這是一次相對自由而成功的討論，共出版5次，發表討論文章近20篇，參與討論的作者範圍很廣泛，包括相聲界人士、知名作家、漫畫界人士、作者以及一般性的

讀者，相關篇目為：

第 10 期：孫玉奎《試談相聲〈買猴兒〉的誇張手法》、匕戈《相聲〈買猴兒〉有嚴重的錯誤》、丁洛《略談相聲〈買猴兒〉》、本報記者《關於相聲〈買猴兒〉的爭論》

第 12 期：良錚《不應有的標準》、甘肅省商業廳政治處張汝芸《我聽了三次〈買猴兒〉》、追紅《一個商業工作者的意見》、南京市文化局群眾文藝科集體討論 於深執筆《我們對相聲〈買猴兒〉的看法》

第 13 期：侯寶林、輕鬆《馬大哈為什麼出了名兒？》、王甲土《〈買猴兒〉諷刺了誰》、豐慧《相聲的「真實」與「嚴肅」》

第 14 期：胡琴《不要錯貼了標籤》、老舍《談諷刺》、何遲《我怎樣寫又怎樣認識〈買猴兒〉？》

第 15 期（主題為「聽聽漫畫家的聲音」）：江有生《行行有禁忌，事事得罪人》、吳耘《花開花落》、方成、鍾靈《從相聲談到漫畫》、米穀《糖精不能治盲腸炎》、沈同衡《把漫畫的制服脫下來》

「不應有的標準」，題目的立場性很明確──文風也是如此，它明確針對《文藝報》第 10 期上幾篇「無論是肯定或否定《買猴兒》，都不知不覺使用了一些對相聲來說成為疑問的標準」的文章。

《不應有的標準》指出，「藝術是一種生活反映；由於反映的對象、方法和媒介（或材料）的不同，而有藝術的不同類型。」作為一種類型，相聲的「木質規定性」在於：「一方面，它以荒誕及誇張的材料獲得生動、活潑、鮮明性的可能，而另一方面，卻不得不在嚴格的生活邏輯方面，在全面、細緻而現實地反映生活方面作出一定的讓步」。以這個「本質」來衡量，《試談相聲〈買猴兒〉的誇張手法》「只在理論上允許誇張，而一旦作品進入誇張的時候，他立刻就要以『過火』來制止」，這是「把生活的真實與藝術的真實等同起來」；而取消誇張（「藝術的真實」），相聲的「諷刺力量」將無從體現。《相聲〈買猴兒〉有嚴重的錯誤》「反對相聲『捏造』『稀奇古怪的事情』」，這是不瞭解「相聲的藝術的特點」；而且，「使用抽象推理對待抽象內容的批評」，「表現了對藝術的冷漠無感」。《略談相聲〈買猴兒〉》「沒有看出相聲特

有的『真實性』和『嚴肅性』究竟應該在什麼地方，以及怎樣取得」。

接著，文章具體談了對《買猴兒》的「兩點重要的指責：一是說它『糟蹋了百貨公司，歪曲了現社會』，另一是說它情節太荒唐，不夠現實」。《買猴兒》「有其作為藝術作品的內在邏輯和完整性。它知道它所要諷刺的對象，在這種地方它就率直而逼真；它也知道它所不想諷刺的東西，在這種地方它就以種種藝術方法，使真實的對象不在它的戲謔之中」。以此來看，《買猴兒》「是有意地、明顯地說一個荒唐的故事，它既沒有糟蹋百貨公司，也沒有誣衊現實社會。它所尖銳諷刺的不過是官僚主義和馬大哈而已」。

值得注意的是，從篇名到對諷刺藝術的強調再到對幾篇文章的批評，穆旦都沒有施用任何曲筆，這透現了他對於時代語境的理解：這樣一種直接的表達方式能被時代所接納——一如《文藝報》號召「展開自由討論」，時代已經是自由的；參與討論的較多作者的自由文風無疑也能加深他對於時代的理解。

很顯然，因 1956 年上半年「雙百方針」的提出，《文藝報》的自由文風隸屬於大的時代語境。而一如前一年的反胡風運動，大語境在南開大學小環境也有直接的體現。6 月 2 日，《人民南開》有報導《教授們談「百家爭鳴」》，《不應有的標準》作於 11 日，這應可視為當時南開校園之內所熱衷的百家爭鳴談風給予了穆旦直接的影響——小環境給予了穆旦鼓勵，解除了穆旦的警惕心理，這也是一層重要的背景因素。

可提出的是，中國現代文學館現存有《不應有的標準》一文的手稿，上面多有用紅色符號標識的刪節之處，這應是穆旦將稿子投寄到《文藝報》之後，相關編輯所作出的。對照「原稿」與經編輯刪改過的「發表稿」，這其實也是考察穆旦與時代語境之間關聯的一個切入點（參見本書第六輯第二篇的討論）。

此外，或可一提的是，《買猴兒》的作者為何遲，1949 年天津解放之後，何遲曾擔任天津市戲曲（劇）部門領導，並曾任南開大學中文系兼職教授。考慮到何遲與天津、南開大學的關係，以及穆旦對於民間藝人表演的欣賞來看，穆旦當年和他有所交往也未可知。

多重「鼓勵」

《不應有的標準》發表大半年之後，「穆旦」終於露面了。

從一個更大的視域來看，「穆旦」的露面，其實更要歸因於文藝界內部的調整。研究指出，「雙百方針」並不是當局「根據特殊的國內、國際形勢實施的思想統治『策略』，在文藝界內部也是左翼文藝對規範化過程中出現的一些問題嘗試著進行自我改善的結果，非主流的文學力量對規範的質疑和文藝領導者對規範化步驟的適度放鬆（這被有些研究者稱為『窄化主流』之後的『退卻』）同時並存，其標誌不僅是左翼內部諸種岐見之間的討論、爭鳴得以展開，更表現在新刊物的大量創辦與老刊物的改版上，這導致一部分被遺忘者開始在刊物上『重現』，強化了對當代文學寫作慣例、文學史編撰和文學批評的質疑」。具體到穆旦，「並不是穆旦完全放棄寫作個性以屈就主流，而是『主流』因內部的變異主動要求容納穆旦這樣的另類因素」。〔註6〕

從目前所能找到的材料來看，有多位文藝界的領導人士曾向穆旦約稿，為什麼會出現這種情況呢？簡單來說，即是當時刊物所載稿子質量不高，需要請藝術能力更為突出的「老作家」來支撐檯面，提高刊物的質量。那些隨著共和國成長起來的年輕作者的寫作固然具有強烈的時代感，符合意識形態的要求，但刊物的主事者本身多半是從舊時代過來的、有著良好的藝術修為的「老作家」，對於稿子的藝術品質應該還是有著基本的判斷的。也即，在意識形態的規範要求和主事者們的藝術訴求之間，其實還是存在著某種微妙的罅隙。

這一點，從臧克家當時給周揚的信可以看得比較清楚。臧克家是新創刊的《詩刊》的主編，1957年4月5日，臧克家給周揚寫信談及稿子質量的問題：「『詩刊』已出三期，聽到了各種反應的意見。水平不夠高，好稿較少。稿源有二：（1）發動新老詩人動手（2）從大量投稿中選拔。但苦於好詩不多。『百花齊放』的方針。具體體現到編輯中去，也不是一個簡單的問題」。正是「苦於好詩不多」，向包括穆旦在內的「老詩人」約稿即是《詩刊》為提高質量而採取的策略——4月28日，臧克家在致周揚的信中再次談到：

> 「詩刊」一下手，就想聯繫新老詩人，鼓起他們創作的興致。
> 各種流派的詩人（如穆旦、杜運燮、方令孺、王統照、冰心……），
> 我們都寫信約稿。「百花齊放」後，我們打算約些老詩人聚談一下，

〔註6〕 胡續冬：《1957年穆旦的短暫「重現」》，《新詩評論》，2006年第1輯。

想約朱光潛、穆木天等。老舍先生也給我們寫了「談詩」的文章。

也約過茅盾先生（胡喬木同志也約過）。〔註7〕

在當事人後來的回憶之中，穆旦向《詩刊》寫稿一事，還與詩人徐遲較早的約稿與鼓勵有關。據當時與穆旦有過交往的周良沛回憶：《詩刊》創刊之前，徐遲曾託方紀在天津主管文藝之便，在天津「很寬鬆地見了幾位詩人」，其中包括穆旦。儘管其他詩人均不能與事，如雷石榆當時忙於教學已無興趣於詩、魯藜因被胡風案捲入而無法見到。「可是，他見到穆旦（當時他只叫自己的本名：查良錚）的愉快，也正是某些遺憾的彌補。」當時，穆旦正在翻譯普希金的詩全集，這被認為是一種「了不起的變化」：

> 穆旦譯普希金，為求信、達，其語言為求普希金那古典的典雅和清麗，就已走出了他過去語言之「現代」而歐化的陷阱。對穆旦，這無疑是個了不得的變化，如果不是將他的「現代」在書齋折騰成玄學的展品而顯示其詩的價值，那麼，他的這一變化，正是可以走向新中國廣大讀者的一種契機，一種可能。於是，徐遲大膽、熱情地鼓勵他再寫。雖然《詩刊》沒有出刊，實際上是在為《詩刊》約稿，雖然他還不好說出可以刊出其來稿，卻說在「百花齊放」中，總是可以找到它的園地和讀者的。這，實際上反映著他編刊的思路；這，對穆旦，無疑是個極大的詩的鼓舞。〔註8〕

> 那時在「南開」教書的穆旦見他，真是「《現代》派」見「現代派」，《詩刊》還沒辦起來，他就說要「百花齊放」地放他一朵，鼓勵穆旦多寫：「從國外回來，總得調整、適應新的環境，寫得不合時宜的，我們改造自己嘛，一時不被理解、接受的，要人家接受，怕也得有個過程──」不想，穆旦的《讚歌》在創刊不久的《詩刊》一發出來，就有議論。他像在自言自語式地對我說：「沒有什麼大不了的事吧？說這『葬』舊之情是與『舊』難斷之情，那毛主席都說，改造的過程，甚至是痛苦的嘛──」〔註9〕

〔註7〕兩封信均錄入徐慶全：《從一封未刊信跋看臧克家與〈詩刊〉初創》，《中華讀書報》，2005 年 5 月 25 日。

〔註8〕周良沛：《又是飛雪兆豐年──憶徐遲於〈詩刊〉創刊前後》，《神鬼之間》，濟南：山東畫報出版社，1999 年，第 147～151 頁。

〔註9〕周良沛：《想徐遲》，《神鬼之間》，第 172 頁。

周良沛的文字中夾雜了很多對於穆旦詩歌風格的歷史評判，其中難免夾雜某種後設視角，但還是道出了穆旦與時代語境之間的關聯。此外，據稱，穆旦的老朋友、時任《人民日報》文藝部負責人袁水拍也曾向他約稿。〔註10〕

如果說，刊物的自由風格是一種寬泛的鼓勵，那麼，這些來自新中國首都的著名刊物的約稿所帶來的鼓勵無疑更為切實。可以說，在徐遲、袁水拍、臧克家這些專業讀者眼中，1940 年代後期生成的、具有一定複雜性的穆旦批評空間並未完全消失，在適當的時候，它們也會出現，並促成穆旦加入到1950 年代的文學語境當中來。當然，這種鼓勵雖是個人親身經歷及藝術修為使然，但在相當程度上也是一種組織行為，從屬於時代大語境──也即，在當時的時代語境之中，所謂個人的藝術修為基本上是從屬於日漸緊密的意識形態，只有當意識形態稍稍鬆懈的時候，它們才會露出頭來。

刊物本身也會隨著文藝尺度的寬鬆而呈現出某些令人欣喜的變化，比如1957 年 2 月號《詩刊》，刊載了吳騰的《五四以來的詩刊掠影》，其中提到了徐志摩、戴望舒等政治立場並不「進步」的詩人所辦的新詩刊物，提到了 1940年代的《詩文學》《詩創造》《中國新詩》等刊物，這也傳達了鬆動的信息──其中幾種更是曾經刊載過穆旦詩歌，或者與穆旦具有較好的關係，這也應會對穆旦形成鼓勵。

總之，在多重鼓勵之下，久未發表詩作的「穆旦」顯然已被時代氣息所感染，而終於再度拿起了詩之筆。

「我的葬歌只算唱了一半」

1957 年 5 月 7 日，《人民日報》刊出了穆旦的《九十九家爭鳴記》，這是「穆旦」第一次正式出現在新中國的普通讀者面前。緊接著，5 月 25 日，《詩刊》第 5 期刊出了《葬歌》；7 月 8 日，《人民文學》第 7 期詩歌欄更是在頭條位置刊出了「詩七首」：《問》《我的叔父死了》《去學習會》《三門峽水利工程有感》《「也許」和「一定」》《美國怎樣教育下一代》《感恩節──可恥的債》。這些詩作僅有末兩首標注了寫作時間，其他各首，多半應該就是當時的作品，但這一做法，與解放前的寫作相比，已形成了一個不小的歧異，之前的寫作大部分都標明了寫作的年份或月份，有的甚至具體到了日期。而在「1957 年」這一時間點，穆旦似乎有意模糊了寫作時間的概念。

〔註10〕李方：《穆旦（查良錚）年譜》，《穆旦詩文集・2》（第 3 版），第 402 頁。

　　而這些，乃是「穆旦」生前在新中國所發表的全部詩歌作品，在這短短兩個月之間，兩份雜誌，一份報紙，均是國家級的「喉舌」；9 首詩，從題材取意看，「爭鳴」(《九十九家爭鳴記》)、「知識分子思想改造」(《葬歌》)、「學習會」(《去學習會》)、「水利工程」(《三門峽水利工程有感》) 等等，都是熱衷一時的題材，至於兩首標明為 1951 年的詩歌，主題為美國批判，也應和了某種時代想像。

　　諸多詩篇之中，現今的讀者似乎更願意談及那篇更有思想史價值意義的《葬歌》──我曾經對 300 多個穆旦詩歌的相關版本進行了詳細分析，發現無論是穆旦個人詩集，還是其他選本，《葬歌》都是 1957 年穆旦作品之中入選率最高的。〔註11〕詩歌以一個別有意味的疑問句開頭：

> 你可是永別了，我的朋友？
>
> 　我的陰影，我過去的自己？
>
> 天空這樣藍，日光這樣溫暖，
>
> 　在鳥的歌聲中我想到了你。

　　「我的朋友」「我的陰影」「我過去的自己」，三者共同指向了「你」，因此，詩歌前兩章實際上也可視為「我」和另一個「我」在對話，一個是處於時代潮流之中或者說被時代潮流所裹脅的「我」，另一個是「包袱很重」的流連於過去的「我」。最末一節和第一節形成了複沓，但「在鳥的歌聲中我想到了你」一句換作了「安息吧！讓我以歡樂為祭！」「鳥的歌聲」(「鳥底歌」) 是一個曖昧的說法，「以歡樂為祭」則是立場的表決。

　　第二章的寫作路數有了變化，不再寫兩個「我」如何交激，而是直接寫「希望」對「我」的「呼號」和「規勸」：趕緊「埋葬」「骷髏」般的「過去」！「我」最終拋下了「回憶」，擺脫了「害怕」──

> 「哦，埋葬，埋葬，埋葬！」
>
> 我不禁對自己呼喊：
>
> 在這死亡底一角，
>
> 我過久地漂泊，茫然；
>
> 讓我以眼淚洗身，
>
> 先感到懺悔的喜歡。

〔註11〕參見易彬：《穆旦與中國新詩的歷史建構》，北京：中國社會科學出版社，2010年，第 410～415 頁。

　　第一節中的「我」的分裂，和第二節中的「虛擬戲劇化場景」，被認為是「40年代『新詩戲劇化』觀念的延續」。〔註12〕而將「希望」用作主詞，是一種將抽象觀念人格化的一種修辭手法，這在穆旦早年作品中多有出現，新中國的讀者則多半並不熟悉。「懺悔」一詞顯然也不符合主流意識形態的要求，但看起來，這些都被第三章之中一個「包袱很重」的、「舊的知識分子」所發出的直陳式改造呼聲所掩蓋：

　　　　就這樣，像隻鳥飛出長長的陰暗甬道，
　　　　我飛出會見陽光和你們，親愛的讀者；
　　　　這時代不知寫出了多少篇英雄史詩，
　　　　而我呢，這貧窮的心！只有自己的葬歌。
　　　　沒有太多值得歌唱的：這總歸不過是
　　　　一箇舊的知識分子，他所經歷的曲折；
　　　　他的包袱很重，你們都已看到；他決心
　　　　和你們並肩前進，這兒表出他的歡樂。
　　　　就詩論詩，恐怕有人會嫌它不夠熱情：
　　　　對新事物嚮往不深，對舊的憎惡不多。
　　　　也就因此……我的葬歌只算唱了一半，
　　　　那後一半，同志們，請幫助我變為生活。

　　不過，看起來，「我的葬歌只算唱了一半」也並非全是一種偽飾，從《九十九家爭鳴記》《「也許」和「一定」》等詩來看，穆旦的知識分子習氣（「爭鳴」思想）還是多有流現：

　　　　讀者，可別把我這篇記載
　　　　來比作文學上的典型，
　　　　因為，事實是，時過境遷，
　　　　這已不是今日的情形。

　　　　那麼，又何必拿出來發表？
　　　　我想編者看得很清楚：
　　　　在九十九家爭鳴之外，
　　　　也該登一家不鳴的小卒。

〔註12〕胡續冬：《1957年穆旦的短暫「重現」》，《新詩評論》，2006年第1輯。

不管怎麼樣，「爭鳴」直接關涉到「百花齊放、百家爭鳴」這一大的時代語境。言說穆旦受到「鼓勵」而重現詩壇，不僅僅是指重新拿起筆發表作品這一事實，而在於他對於「百花時代」文學語境的感知，這些詩歌之中雖也有改造的痛苦，在主要層面上，是一種介入時代的姿態。其詩歌處理方法雖與時代風格有所差異，其精神姿態卻具有很強的時代性。

但是，也不難發現，在詩歌的具體展開上，穆旦依然還是努力保持一些個人化的視角，蘊涵了較多的批判鋒芒——名之為「批判」，事實上將穆旦放在異端的位置，這一身份倒未必是穆旦所要追求的。穆旦是以一種主動的姿態寫下了在「時代」這一大命題之下的感受，只是他並沒有刻意全然替換掉自己的詞彙表，而依然保持了某種寫作慣性，如《我的叔父死了》所示：

> 我的叔父死了，我不敢哭，
> 我害怕封建主義的復辟；
> 我的心想笑，但我不敢笑：
> 是不是這裡有一杯毒劑？

「叔父之死」是實有其事，還是一種隱喻，並不能完全斷定，但對於莊嚴的、審判意味濃鬱的歷史而言，這樣一種「哭」與「笑」並存的詩歌，無疑是一付充滿諷喻色彩的「毒劑」。更「毒」的，卻還在後面的詩行：

> 平衡把我變成了一棵樹，
> 它的枝葉緩緩伸向春天，
> 從幽暗的根上升的汁液
> 在明亮的葉片不斷迴旋。

「根」在穆旦的寫作中是一個非常有意味的詞〔註 13〕，「幽暗的根」，或許會讓熟悉穆旦的讀者想起早年詩所作《詩八首》的最末一行：「在合一的老根裏化為平靜」。但對於那些新的讀者而言，套用當時一位批判者的話說卻是，「簡直叫人猜也無從猜起」。〔註 14〕

「有多少生之呼喚都被淹沒！」

穆旦這一時期的詩歌，還可特別提出的一首是《三門峽水利工程有感》。

〔註 13〕參見一行：《穆旦的「根」》，朱大可、張閎主編：《21 世紀中國文化地圖·第二卷》，桂林：廣西師範大學出版社，2004 年，第 59～68 頁。

〔註 14〕安旗：《關於詩的含蓄》，《詩刊》，1957 年第 12 期。

對於新中國的寫作者而言，歌頌蓬勃展開水利工程建設——一項在貧瘠、落後的土地上所矗立起來的建設，成為了一項政治任務，眾多詩人，包括知名詩人如艾青、卞之琳、馮至等，都投入到「水利工程」詩篇的寫作當中。

以《詩刊》為例，自 1958 年第 2 期開始，刊載了大量「水利工程」詩篇及批評文字：第 2 期有丁力的《十三陵水庫開工了》、蔡其矯的《長江水利工作者的願望》；第 3 期有德崇等人的《十三陵工地歌謠》、卞之琳的《十三陵水庫工地雜詩》、丁力的《在十三陵水庫工地上》；第 4 期有戈茅的《在十三陵工地上》；第 5 期有賀敬之的《三門峽歌》、鄒荻帆的《揚水站工地即景》；第 6 期有巴牧的《十三陵水庫工地詩抄》；第 8 期有駱文的《三峽歌》、朱子奇的《十三陵工地讚歌》；第 9 期有丁風的《歡迎朱子奇改變詩風》、羅生丹的《一首令人喜愛的好詩》；第 12 期有廖公弦的《阿哈水庫的詩》。

寫作狀況及其所引起的反響也有其複雜性，比如，讀者顯然不滿意卞之琳在第 2 期所發表的作品，第 5 期即有批判「對卞之琳『十三陵水庫工地雜詩』」小輯，有劉浪的《我們不喜歡這種詩風》、徐桑楡的《奧秘越少越好》。但就其總體而言，這些寫作往往採取「今昔對比」的視角，所謂「新舊社會兩重天」。一般詩篇多為短章，艾青的《官廳水庫》則用了 3 節 81 行，基本上是「過去」、「現在」與「將來」各占一節，一種具有時代典型性的結構安排：「過去」被描摹成「可怕」的、邪惡的，「將來」被想像成美好的、充滿希望的，而「現在」是欣欣向榮的——現實正在發生著「翻天覆地」的變化。〔註15〕穆旦則並未遵循這般的寫法：

> 想起那攜帶泥沙的滾滾河水，
> 也必曾明媚，像我門前的小溪，
> 原來有花草生在它的兩岸，
> 人來人往，誰都讚歎它的美麗。
>
> 只因為幾千年受到了鬱積，
> 它憤怒，咆哮，波浪朝天空澎湃，
> 但也終於沒有出頭，於是它
> 溢出兩岸，給自己帶來了災害。

〔註15〕《官廳水庫》刊載於《北京日報》1956 年 8 月 19 日，收入艾青詩集《海岬上》（作家出版社，1957 年），現據此版，第 37～41 頁。

又像這古國的廣闊的智慧，

幾千年來受到了壓抑、挫折，

於是泛濫為荒涼、忍耐和歎息，

有多少生之呼喚都被淹沒！

雖然也給勇者生長了食糧，

死亡和毒草卻暗藏在裏面；

誰走過它，不為它的險惡驚懼？

泥沙滾滾，已不見昔日的歡顏！

呵，我歡呼你，「科學」加上「仁愛」！

如今，這長遠的濁流由你引導，

將化為晴朗的笑，而它那心窩

還要迸出多少熱電向生活祝禱！

　　全詩5節，前4節寫「過去」，最後一節才發出「歡呼」「晴朗的笑」和「祝禱」。這樣的結構似乎不合時代之道，而作為對象的「河水」本身，也迥異於他人的想像。在《官廳水庫》中，艾青將「山洪」想像為敵人（第1節中有：「這兒的山洪／像潰敗的千軍萬馬」）——戰爭模式被移植到詩歌寫作之中。穆旦筆下的「河水」雖然也被人格化了，但仍然保留著某種複雜的物性，它「也必曾明媚，像我門前的小溪」——「我門前的」這一具有親和力的定語無疑更加強了這一點。

　　「河水」「因為幾千年受到了鬱積」而「憤怒，咆哮」，以致「給自己帶來了災害」，「幾千年來受到了壓抑、挫折」的「這古國的廣闊的智慧」也是一樣。但從「河水」到「智慧」，並非一種簡單比附，「智慧」是一個在穆旦各階段寫作中均出現過的詞彙﹝註16﹞，一句「有多少生之呼喚都被淹沒」，不僅僅嵌入了穆旦本人的境遇（想想他滿懷熱情回到祖國，卻很快被「肅反」），更是一個時代裏那些「智慧」心靈悲慘境遇的畫像——在1976年的《詩》中，

﹝註16﹞所涉詩歌包括《蛇的誘惑》《不幸的人們》《智慧的來臨》《神魔之爭》《小鎮一日》《控訴》《自然底夢》《贈別》《隱現》《城市的舞》《詩四首》《智慧之歌》《理想》《春》《老年的夢囈》等。

也有類似的一行：

> 多少人的痛苦都隨身而沒

「生之呼喚」衍變為更為直觀的「人的痛苦」，可見這一句式已在穆旦心中留下了深刻的印痕。

詩歌最末一節以一種「歡呼」姿態回到了現實，這算是回應了時代——但「心窩」與「生活」對峙，無疑又別有深意地標識出了一顆敏感的心靈在時代話語面前的不安感受。

綜合來看，在穆旦這批寫作之中，個性的觸鬚固然仍然存在，但穆旦內心的混亂應是無所疑義的——這種混亂在詩歌形式上即有透現，比如《葬歌》。它的思想意義被研究者看重，認為它反映了知識分子改造的痛苦；但從詩歌藝術的處理來看，卻不能不說是難以把捉的，全詩分 3 節，單獨來看，都是非常整齊的詩行，但合成為一首詩，則可發現各節之間很不平衡：第 1 節中，各行字數基本上為 10 個左右；第 2 節有所下降，為 8 個左右；第 3 節又猛然增加到 17 個左右。從詩歌藝術的處理角度看，可說是相當混亂的、無序的。

從思想文化層面來看，這種混亂與無序或可得到一個解釋，那就是，其他 8 首看起來整齊有序的詩歌，所涉及的均是外在的社會性事件，其視角均是一種遠距離的審視；《葬歌》不同，其視角被「我」所規約，儘管這個「我」未必就是詩人本身，但必然包括「我」在內，而「我」，在大時代中不得不隨著時代話語的變幻而飄來蕩去，難以找到一個穩定的位置，因此，《葬歌》的混亂無序也就成為了一個力圖葆有個性的知識分子在應對殘酷的時代語境時的艱難處境的表症——可以設想，較長一段時間內沒有寫作詩歌的穆旦在選擇詞彙時的游移不定，以及詩歌形式上的搖擺。但這終究只是一種思想或意義的隱喻，而無法作為藝術失敗的藉口，雖然在未來一兩年之後，穆旦詩作也多次被當成了批判的靶子。

「這個『時代』的夭亡和總結的宣告」

對 1957 年這一大的時代而言，穆旦的短暫「重現」意味著什麼呢？如前述，這一「重現」顯示了文藝界內部調整的成效，但是，種種跡象表明，這也抵達了調整所能容許的頂點。

以將穆旦重磅推出的《人民文學》為例，1957 年第 7 期是一期有著 190

個頁碼的特大號，此前刊物頁碼為 126 頁。《編後記》稱：「關於革新，我們是決不動搖的……我們有信心在文學界及廣大讀者的推動和幫助下，逐步把刊物的革新工作做好，使得它在新的起點上前進」。承接前面提及的約稿話題，「革新號」顯然是一次有準備的組稿行為使然，穆旦被約稿的可能性還是非常之大的。這一期，分小說、作家論壇、詩、劇本、散文、雜文和作家評論七個欄目，其中出現了較多「多少年來一直沒動筆或很少發表作品的老作家」的文字，基本上每個欄目都有。小說欄共 9 篇（組）：

改選	李國文
落	柳杞
紅豆	宗璞
美麗	豐村
春天的風	艾蕪
楊亞男	程造之
冤家	田濤
海上宏音	王統照
短篇小說四篇	〔法〕莫泊桑

艾蕪、王統照是「老作家」，李國文、宗璞和豐村等新人的小說則在後來的文學史上多被談及到。「作家論壇」中的全是「老作家」的文章：

寫給詩人底公開信	李白鳳
我底雜文的過去和現在	徐懋庸
「遵命集」後記	巴人

詩歌欄共 15 位詩人的作品，打頭的是穆旦的「詩七首」，「老作家」則有汪靜之、康白情等人：

詩七首	穆旦
一領巨大的銀狐大氅（外五首）	戈壁舟
溫暖的地方（外三首）	嚴辰
寫在透明的土地上	鄒荻帆
野花一束（四首）	方冰
光榮奔到機車上	白薇
南行小集（二首）	井岩盾
燈籠記	青勃

長江夜遊	安娥
山棲夜興（外一首）	康白情
向日葵子花正開	胡明樹
海南雜詠（五首）	蘆荻
魯迅墓前	馮白魯
第一個天堂（外三首）	汪靜之
假如	俯拾

劇本欄有陳其通的《同志們》。散文欄則是彙集了沈從文、啟明（周作人）、老舍、鳳子、端木蕻良、劉北汜、汪曾祺等人的作品——看起來極像是1940年代沈從文主編的某個刊物或《大公報・星期文藝》的某一期：

跑龍套	沈從文
梅蘭竹菊	啟明
新疆半月記	老舍
談養花	鳳子
傳說（外二篇）	端木蕻良
太陽正在上升	劉北汜
星期天	汪曾祺
父親	楊田村

雜文欄有5篇，為回春的《「蟬噪居」漫筆》、李無毒的《「原來穿破鞋的」》、孫福熙的《請以我為例》、應鄰生的《從王維、杜甫變「毒草」說到官僚主義的辯證法》、杜黎均的《反攻進行曲》。作家評論欄則有楊風的《巴金論》。此外，還有《作家書簡》和《編後記》。

從上面的目錄不難看出，《人民文學》不僅多方調動了像沈從文、周作人、汪靜之、穆旦這樣的「老作家」的力量，也有李國文、宗璞這樣的新銳力量，其革新姿態是相當突出的。很顯然，這種姿態受著1956年「雙百方針」的鼓譟，此前，《人民文學》已經刊載了一系列後來被稱之為「百花文學」的作品，如劉賓雁的（《橋樑工地上》《本報內部信息》）、耿簡（柳溪）、白危的特寫，王蒙（《組織部新來的青年人》）等人的小說，何直（秦兆陽）（《現實主義——廣闊的道路——對於現實主義的再認識》《關於「寫真實」》）等人的論文。而1957年第7期既特別標舉「革新」，篇幅上又是特大號，主事者顯然是有著更大的抱負。

　　看起來，革新衝動所帶來的某種狂熱使得主事者忽略了時代語境正在悄悄發生變化──主事者顯然並未理解 1957 年 5 月左右毛澤東發出的「事情正在起變化」一類話語的真實意圖，沒有意識到形勢可能發生劇變〔註 17〕，而是繼續革新主張以達到「面目一新」的效果。隨著「反右運動」全面展開，革新主張遭受全面的挫折，各種批判文章鋪天蓋地而來，因此這一期《人民文學》也被文學史家稱為「既是探索和革新成果的多彩顯示，也是這個『時代』的夭亡和總結的宣告」。〔註 18〕

　　等待穆旦的，將是一連串的批判。

〔註 17〕參見朱正：《1957 年的夏季：從百家爭鳴到兩家爭鳴》，鄭州：河南人民出版社，1998 年。

〔註 18〕洪子誠：《1956：百花時代》，濟南：山東教育出版社，1998 年，第 142 頁。

「文藝復興」的夢想衝動
——晚年穆旦翻譯行為述略

　　晚年穆旦在給友人的信中，多次表達過「中國詩的文藝復興，要靠介紹外國詩」一類觀點，大致上可以說，這是晚年穆旦在翻譯動力方面最為有力的表達。不過，翻譯是穆旦被打成「歷史反革命分子」之後佔據主導性的寫作行為，比其他文體的寫作量要大得多，其景狀也有其複雜性，可待細細剝索。

「談譯詩問題」：翻譯的再出發

　　1962 年 11 月，鄭州大學教師丁一英在《鄭州大學學報》季刊總第 1 期上發表《關於查譯〈普希金抒情詩〉、翟譯萊蒙托夫的〈貝拉〉和魯迅譯果戈理的〈死魂靈〉》一文，指出查譯「是譯得比較差的，不只譯文粗糙，而且錯誤也比較多」；雖然「在遣詞用字上，還是有一定工夫的」。該文對於查譯普希金基本是完全否定的，正面評價僅寥寥幾行。

　　1963 年 2 月，剛剛被天津市公安局批准撤銷管制的穆旦寫了一篇回應文章《談譯詩問題——並答丁一英先生》，4 月，文章刊載於《鄭州大學學報》1963 年第 1 期。在文中，穆旦主要討論了「譯詩應該採用什麼原則的問題」，要進行「創造性翻譯」，而並不同意丁一英「字對字、句對句、結構（句法的）對結構」的譯法。文章重複了《歐根·奧涅金》的《後記》中引用過的馬爾夏克的觀點：

　　　　譯詩不僅要注意意思，而且要把旋律和風格表現出來……要緊

的，是把原詩的主要實質傳達出來。為了這，就不能要求在每個字上都那麼準確。為了保留主要的東西，在細節上就可以自由些。這裡要求大膽。……常常這樣：最大膽的，往往就是最真實的。……譯者不是八哥兒；好的譯詩中，應該是既看得見原詩人的風格，也看得出譯者的特點。

又從卞之琳等人所作《十年來的外國文學翻譯和研究工作》〔註1〕引申出了「創造性翻譯」的觀點，翻譯不能和原文「一絲不走」，其原因有二：

一是為了可以靈活運用本國語言的所有的長處；其次是因為，文學是以形象反映現實的藝術，文學翻譯的首要任務是要在本國語言中複製或重現原作中的那個反映現實的形象，而不是重現原作者所寫的那一串文字。也就因此，「它自己在語言運用上也要有極大的創造性」。

隨後，文章舉例對照了自己和丁一英的譯詩，指出「對照原文來推敲字句」是「必要的，有時甚於在譯散文時所花的功力；但是這種推敲，必須從屬於對整個形象、對內容實質的考慮之下」，即「怎樣結合詩的形式而譯出它的內容的問題」。並不是「每一字、每一辭、每一句都有同等的重要性」，為了求「整體的妥貼」，就需要「忍受局部的犧牲」；而犧牲也會得到「補償」：「使原詩中重要的意思和形象變得更鮮明了，或者就是形式更美了一些」。

總體上說來，文章的語氣平和，之所以有分歧，主要還是在翻譯到底應「講本分」還是允許「創造性」行為上的不同看法；相較之下，查譯更偏重於講究藝術性創造。在因譯詩原則而造成的分歧方面，穆旦多次舉例來細緻分析說明，以表明自己的觀點，認為丁一英「堅持了一個錯誤的原則」；但他也承認自己的譯本的確存在「錯誤」，並感謝了對方。

1958年被打成「歷史反革命分子」之後，穆旦可能中斷了三四年的翻譯。重新出手、並得以迅即發表的竟是這樣一篇萬字以上的宏文。此等「回應」顯示了穆旦對於時代語境的理解，即在當時的語境之中，翻譯要更少禁忌，即便是「歷史反革命分子」，也能就專業問題予以討論。

實際上，除了《我上了一課》〔註2〕外，穆旦少有回應時代之作；而檢視

〔註1〕卞之琳、葉水夫、袁可嘉等著，刊載於《文學評論》，1959年第5期。
〔註2〕刊載於《人民日報》，1958年1月4日。按：此文為穆旦的檢討書，在1957年短暫重現之後，穆旦詩歌遭到了不少批評，穆旦為此做出檢討，其中關於

穆旦的翻譯行為，在為數不少的譯介文字中，往往多是作者及作品的介紹，而較少涉及譯詩方法和原則一類命題的大段文字，因此，這樣一篇「談譯詩問題」的文章，論說有較強的系統性，直可說是吹響了穆旦再次出發翻譯的號角。

撞見了「丘特切夫」

在《談譯詩問題》一文寫作之後一個月，1963 年 3 月，穆旦為譯著《丘特切夫詩選》寫好了萬字以上的《譯後記》。按常理推斷，此前，詩集即便沒有譯畢，但至少應該已經進行到了相當程度，詩集共錄丘特切夫詩歌 128 首，看起來不是一兩天就可以完成的。

穆旦子女較早時候的回憶顯示，丘特切夫的翻譯是一個秘密：起譯、譯畢、寄給出版社，整個過程家人全無知曉。一直到 1985 年，「突然收到出版社的一封通知，說《丘特切夫詩選》已經出版，讓我們去領取稿酬。這個突然的通知使全家人迷惑不解，母親也不記得父親曾譯過這樣一部書。」後經「核對」，方知「是父親在 20 多年前即 1963 年寄給出版社的」。〔註 3〕所稱出版社為外國文學出版社，其時距譯稿寄出已有 23 年，距穆旦逝世也已過去 8 年。

穆旦子女的敘述凸顯了穆旦當初翻譯行為的秘密屬性，不過，新近發現的 1958 年 6 月 26 日人民文學出版社與穆旦就《丘特切夫詩選》所簽訂的約稿合同（人字第〔三〕46 號）表明，該譯著原本就在國家的翻譯出版計劃之列，所約定的字數約計 3000 行，交稿時間為 1959 年 10 月——看起來是一部規模較小的詩選，但那時穆旦已被打成「歷史反革命分子」，寫作和翻譯的行為均暫時中止。穆旦在「三年管制時期」（1959～1961 年）結束之後，1963 年譯就並寄出，是踐行當初的「合約」。

歷史的微妙之處也在這裡，原本是出版社的公開約稿（正常而言，家人對此應該是知情的），僅僅短短幾年之後，卻轉為一種隱瞞於家人而進行的秘密的行為，何以如此呢？

一個重要的節點自然是 1959 年初被打成「歷史反革命分子」，由法院判

「諷刺」的看法，具有某種辯解意味。

〔註 3〕英明瑗平：《憶父親》，杜運燮等編：《一個民族已經起來》，南京：江蘇人民出版社，1987 年，第 141 頁。

處三年管制。要理解其中所包含的特別含義，不妨先來看看穆旦視域中的丘特切夫到底是一個什麼樣的形象？《譯後記》這般描述：「費奧多爾·伊萬諾維奇·丘特切夫（1803～1873）是一個極有才華的俄國詩人，以歌詠自然、抒發性情、闡揚哲理見長，曾一度受到同時代作家的熱烈稱頌。但他生前很少發表作品，讀者面狹窄。上世紀五十年代後，人們對他相當冷漠。直到九十年代中期，俄國詩壇出現了象徵派，才把他當做象徵主義詩歌的鼻祖，重新加以肯定」。

「丘特切夫終其一生，不過是沙皇政權的一名官吏，事蹟很平凡。然而在創作上，他的經歷卻比較複雜。」丘特切夫具有「雙重性」：他通過政論文和政治詩來表達他的政治見解和主張，但他還有——

> 隱藏在生活表層下的深沉的性格。他把這另一個自己展現在他的抒情詩中，在那裡，他彷彿擺脫了一切顧慮、一切束縛，走出狹小的牢籠，和廣大的世界共生活，同呼吸，於是我們才看到了一個真正敏銳的、具有豐富情感的詩人……在革命的風暴之前，詩人不能不感到他所熟悉的那個社會秩序的脆弱和不穩定，不能不感到自己在生活中的孤立無援。這種空虛、疲弱、孤獨之感，構成他的詩歌的另一潛流，恰恰是和風暴、雄壯與飽滿的感覺對立的。

在藝術手法方面，「丘特切夫有著他自己獨創的、特別為其他作家所喜愛的一種藝術手法——把自然現象和心理狀態完全對稱或融合的寫法」；「由於外在世界和內心世界的互相呼應，丘特切夫在使用形容詞和動詞時，可以把各種不同類型的感覺雜糅在一起」——

> 這種被稱為「印象主義」的藝術描寫，再加上丘特切夫詩歌中的某些神秘的唯心哲學，以及某種可以解釋為頹廢的傾向（如《我愛這充沛一切卻隱而不見的惡》），使十九世紀末的俄國象徵派詩人把他視為象徵主義詩歌的創始者。可是，丘特切夫的藝術手法，並不是有意地模糊現實的輪廓，或拒絕描繪現實，像後來的象徵派詩歌所作的那樣。他在自己的許多描寫自然和心靈的作品中，是和當代的現實主義潮流相呼應的。他的詩歌在一定程度上正面反映了時代的精神，這卻是俄國象徵派詩人所不曾看到、更沒有繼承到

的優良傳統。〔註4〕

在此之前，穆旦為譯著寫過不少篇幅較長的介紹文字，評介對象包括雪萊、拜倫、濟慈、普希金、朗費羅等人。「粗看之下即可發現：這些譯介文字呈現出複雜的語調。大致區格，有兩個聲音：一個是對翻譯對象的『歷史侷限性』的指陳，另一個則是對其藝術特點的概括。」「由此所形成的評介格局是：儘管此人有『侷限』，但也有『健康』的、值得介紹的一面；而且，他們往往已經得到『蘇聯讀者』或者馬克思主義經典作家的認可──這一做法被認為是為了保證譯著順利出版而施用的一種策略〔註5〕，即通過經典作家評價，或『蘇聯』專家或讀者的觀點與做法，來尋求乃至證明所研究（翻譯）對象的政治合法性，這是當時及此前此後很長一段時間內的文學評介──特別是外國文學評介方面的普遍做法。」〔註6〕

但與這類譯介文字不那麼相同的是，在此，階級話語似乎基本上都消失了。而且，不嫌誇張，在這樣一個飽含藝術興味的丘特切夫的形象之中，浮現出了穆旦本人的影子：小人物──終其一生，穆旦都是一個處於社會文化網絡邊緣的小人物，從未佔據顯赫的文化位置或擔任官職；才高卻沒有及時得到讚譽；內心豐富，有著「隱藏在生活表層之下的深沉性格」；深深地渴求「和諧與平靜」卻又不斷地被殘酷的時代現實所裹挾、所擠壓而無從實現。

這樣一個影子式的對象，在受管制的日子裏，可能給過穆旦以精神上的慰藉，穆旦也從他身上獲取了「詩」的資源，穆旦晚年所寫的《春》《夏》《秋》《冬》系列詩歌以及一些並非以季節命名的詩歌，如《聽說我老了》等等，正是「自然現象」與「心靈狀態」相互融合的詩歌──但說不定，他的感受正好相反，通過對這個影子的閱讀和理解，他變得更為痛苦，因為在這個影子身上，他看到了「詩人」的命運，矛盾與痛苦。甚至於丘特切夫在最後一年所遭遇的身體殘缺，患癱瘓症，「在病床上，他對生活的興致不減，仍舊約人來談政治和文學等問題，並寫了不少詩和書信」，似乎也成為了讖言：在穆旦的最後一年裏，他的身體也同樣變得殘缺，他騎車摔傷了腿，一直未能治癒；而且，他也同樣拖著殘缺的身體一直工作（翻譯、寫詩、寫信、和年輕人談詩等

〔註4〕查良錚：《譯後記》，《丘特切夫詩選》，北京：外國文學出版社，1985年，第168～202頁。
〔註5〕宋炳輝：《新中國的穆旦》，《當代作家評論》，2000年第2期。
〔註6〕易彬：《穆旦評傳》，南京：南京大學出版社，2012年，第388～389頁。

等）到最後一刻——多麼令人驚訝，丘特切夫不僅直接對應了穆旦本人的現實命運，甚至還暗合了那些尚未呈現的生命圖景。

再回到 1959 年之後穆旦被打成「歷史反革命分子」、被剝奪翻譯和寫作權利這一重背景來看，限於材料，其時穆旦內心真實的景況難以揣度。有一種可能的猜測是，穆旦會不會覺得「冤枉」？「冤枉」出自 1947 年 10 月寫下的那首醒人耳目的《我想要走》：「這麼多罪惡我要洗消我的冤枉」。自己明明是滿腔熱情地回到祖國，參加祖國的文化建設，實際工作又是那麼勤奮，卻落得這番境遇，何其冤枉啊！另一種可能的猜測則是，當三年管制結束之後，穆旦有話要說——或者說，有必要為自己辯誣。這種猜測源於兩篇此前已被討論過的文章。一個是檢討書《我上了一課》，雖是檢討，卻也包含了為自己辯解的意圖。再往後，《談譯詩問題——並答丁一英先生》也是為自己辯解。循此，《丘特切夫詩選》的出現可能並非一個單一的事件，其中也可能包含了某種自我辯解的因素。

與 1956～1957 年間短短的數月一樣，1962～1963 年間短短數月，也是一個文化語境相對寬鬆的時刻，不難想像，穆旦所獲得的既是一種慰藉與痛苦並存的感受，那麼，當環境相對寬鬆、敏感的詩人重新拿起譯筆的時候，他的心情定是既複雜又急切的。以翻譯完畢即逕直寄給出版社這一後設事件來觀照，對 1950 年代政治風潮有過切身體驗的穆旦不可能不知道象徵主義色調濃厚的丘特切夫詩歌在當時環境之下是不能出版的——不可能體察不到其中所包含的危險性，那麼，這一事件本身所彰顯的應是穆旦在處理這一翻譯對象時內心的急切：這種急切與其說是找到了一種精神投契，不如說是尋求一種精神的釋放，他急切地需要一種表達，以擺脫這個沉沉地壓在他內心之上的影子——如果說現實政治施與的是一種有形的壓制的話；那麼，這個影子就是一種無形的糾纏——他無力衝破有形的壓制，衝破無形糾纏的渴望也就變得尤為強烈：與此前對於雪萊等人的評價不同，這篇《譯後記》不再顧及時興的革命話語方式的禁忌，也不再依憑「階級性」「革命」一類語彙，而是旨在呈現一個從生活經歷、思想矛盾、時代境遇以及藝術追求等多個層面來體察的、真正的「詩人形象」。

毫無疑問，這是一個和時代話語方式格格不入的詩人形象。但是，有理由相信，一如文章結尾部分將丘特切夫的詩歌指認為「正面反映了時代的精神」的詩歌，這一形象描述不僅最終構成了穆旦對於「詩人」的解釋，更達到

了一種自我辯誣的效果：這種辯誣既指向他的時代，穆旦告訴了他的時代，他所翻譯的詩歌才是「詩歌」；同時，從後來者的立場看，人們也得以知曉，即便時代環境那麼逼仄，他依然沒有放棄自己作為「詩人」的職責。

譯稿完成之後，穆旦並沒有告訴給家人就徑直寄給出版社，出版社也沒有給予他任何答覆。譯者和編者───一對陌生的人──在一個謊言和告密盛行的時代，在一個浮淺、拙劣的詩歌美學盛行的時代，共同保守著一個關於詩歌的秘密。

《唐璜》開始翻譯

對於拜倫長詩《唐璜》的翻譯，也是 1962 年解除管制之後不久即開始進行的，至 1965 年，《唐璜》大致譯完，據說，穆旦有將它寄給出版社的意圖。〔註 7〕

從此前的翻譯來看，大量譯就出版的是普希金的著作，「拜倫」在穆旦的整個翻譯序列之中不過處於一種較低的位置，儘管早在 1954 年 9 月之後，穆旦就有了蕭珊贈送的英文版《拜倫全集》，此書的模樣雖然「舊了一點」，但「版子很好，有 T‧Moore 等人注解」。〔註 8〕而如周與良的回憶稱：「良錚得到這本書，如獲至寶。他對我說，他本來就打算介紹拜倫的詩給中國讀者，有了這本全集，就可以挑選拜倫最優秀的詩篇來介紹了」。〔註 9〕但在當時，實際翻譯的僅有一本《拜倫抒情詩選》（平明出版社，1955 年 11 月；新文藝出版社，1957 年 11 月新 1 版），而且，多少令人奇怪的是，這部譯著沒有像其他譯著那樣署本名「查良錚」，而是仿「良錚」之名署「梁真」。

1960 年代之後，無論是從穆旦本人的文字，還是子女的追憶文字來看，「拜倫」逐漸佔據了更高、更顯赫的位置。子女較早的回憶之中，「歷盡艱辛譯《唐璜》」單獨佔據了一節，其中，1966 年 8 月，紅衛兵抄家之後的那個夜晚，被批鬥了一天、被剃了陰陽頭的穆旦回到家裏之後，從一個箱蓋已被扔在一邊的書箱裏拿出一疊厚厚的稿紙──幸存的《唐璜》譯稿，緊緊地抓在

〔註 7〕英明瑗平：《憶父親》，杜運燮等編：《一個民族已經起來》，南京：江蘇人民出版社，1987 年，第 141 頁。

〔註 8〕據《蕭珊致巴金》（1954 年 9 月 15 日），見李小林編：《家書──巴金、蕭珊書信集》，杭州：浙江文藝出版社，1994 年，第 188 頁。

〔註 9〕周與良：《懷念良錚》，杜運燮等編：《一個民族已經起來》，南京：江蘇人民出版社，1987 年，第 133 頁。

發抖的手裏的形象直可說一個經典的敘述：

> 8 月的一天晚上，一堆熊熊大火把我們家門前照得通明，牆上貼著「打倒」的大標語，幾個紅衛兵將一堆書籍、稿紙向火裏扔去。很晚了，從早上即被紅衛兵帶走的父親還沒有回來。母親很擔心。我們都坐在白天被「破四舊」弄得箱倒椅翻，滿地書紙的屋裏等他。直到午夜，父親才回來，臉色很難看，頭髮被剃成當時「牛鬼蛇神」流行的「陰陽頭」。他看見母親和我們仍在等他，還安慰我們說：「沒關係，只是陪鬥和交待『問題』，紅衛兵對我沒有過火行動……」母親拿來饅頭和熱開水讓他趕快吃一點。此時他看著滿地的碎紙，撕掉書皮的書和散亂的文稿，面色鐵青，一言不發……突然，他奔到一個箱蓋已被扔在一邊的書箱前，從書箱裏拿出一疊厚厚的稿紙，緊緊地抓在發抖的手裏。那正是他的心血的結晶《唐璜》譯稿。萬幸的是，紅衛兵只將它弄亂而未付之一炬！〔註10〕

穆旦的妻子、兒女對 1968 年全家人被從東村 70 號趕出以及後來穆旦被勞改的回憶之中，也頻頻出現穆旦對於《唐璜》譯稿的掛念。至於穆旦本人關於拜倫的敘述，也是多有出現，不過，現在所能看到的材料，已是 1974 年之後穆旦的書信了。

穆旦結束在大蘇莊農場的勞動改造是在 1972 年 1 月底，2 月初即開始重新在圖書館上班。7 月 17 日，他領回了抄家時被抄走的物質，其中包括《唐璜》譯稿和當年蕭珊贈送的《拜倫全集》。8 月 7 日，穆旦重新開始翻譯《唐璜》，在豎格稿紙上，他寫道：「一九七二年八月七日起三次修改，據初譯約十年矣。」

終於可以安頓下來進行翻譯了，不想數天之後即發生一件令其無比悲傷的事：1972 年 8 月 13 日，好友蕭珊因癌症逝世，時年 54 歲。從 10 月 27 日巴金的來信看，穆旦應是在比較短的時間內就得知了這一消息，並給巴金去信安慰，這樣一來，翻譯拜倫也被認為具有紀念亡友的意念——穆旦開始埋頭補譯丟失的《唐璜》章節和注釋，修改其他章節；修訂《拜倫抒情詩選》，

〔註10〕英明瑗平：《憶父親》，杜運燮等編：《一個民族已經起來》，南京：江蘇人民出版社，1987 年，第 141～142 頁。按：在另一處回憶中，子女寫到，「抄家之後，那些被紅衛兵撕掉封面的書，父親都要用牛皮紙仔細地重新黏上書皮並寫上書名」，見英明瑗平：《言傳身教，永世不忘——再憶父親》，杜運燮等編：《豐富和豐富的痛苦》，北京：北京師範大學出版社，1997 年，第 228 頁。

增譯拜倫的其他長詩──

似乎是要把被剝奪的時間補回來，他又爭分奪秒地開始了修改和注釋《唐璜》的譯稿。那時父親經常晚間下班後到圖書館的書庫裏查找有關注釋《唐璜》的材料，很晚才回來。記得一次查到一個多月未能找到的注釋材料，回家後馬上對母親講，狂喜之情溢於言表。父親曾說過，《唐璜》是他讀過的詩中最優美的，有些《唐璜》的注釋本身就像一首詩。優美的文字經常使父親陶醉，有時他還會朗讀原文給我們聽，然後又讀出他的譯文。這時是父親最高興的時候。父親曾對朋友說，許多中國人讀不到這樣優美的詩，實在是一大憾事。〔註11〕

到1973年6月左右，《唐璜》終於全部整理、修改、注釋完畢。穆旦試探性地給出版社寫信，詢問可否接受出版。出版社覆信「寄來看看」。穆旦收到這封信後高興的舉動顯然給了子女很深的印象──「他緊握著那封信，只是反覆地說著：『他們還是想看看的……』」之後，又「親自去商店買來牛皮紙將譯稿包裹好，然後送往郵局」。〔註12〕

將《唐璜》寄出的時間是在1973年6月18日，當日日記相當簡要地記下了一筆：

今日將唐璜寄人民文學社（徐，孫編輯）。

滿懷希望地寄出一段時間之後，收到了人民文學出版社一紙回覆：「《唐璜》譯文很好，現尚無條件出版，原稿社存」。〔註13〕

三重動力

考察此一時期穆旦的翻譯活動，有幾點事實值得注意：一是數量巨眾。從新時期之後所出版的查譯著作來看，有拜倫的《唐璜（上、下）》《拜倫詩選》、普希金的《普希金抒情持選集（上、下）》《歐根·奧涅金》《普希金敘

〔註11〕 英明瑗平：《言傳身教　永世不忘──再憶父親》，杜運燮等編：《豐富和豐富的痛苦》，北京：北京師範大學出版社，1997年，第225～226頁。
〔註12〕 英明瑗平：《憶父親》，杜運燮等編：《一個民族已經起來》，南京：江蘇人民出版社，1987年，第143頁。
〔註13〕 李方：《穆旦（查良錚）年譜》，《穆旦詩文集·2》（第3版），第410頁。按：該年譜將信息編入1974年，但未標注具體回覆的時間，而是籠統稱為「年內」。

事詩選》、雪萊的《雪萊抒情詩選》《愛的哲學》、T・S・艾略特等人的《英國現代詩選》、《丘特切夫詩選》、查爾斯・維維安的《羅賓漢傳奇》（與李麗君、杜運燮合譯）等。在穆旦晚年的書信中，基本上沒有關於雪萊詩歌的信息，因此這些譯著當中，除雪萊詩歌可能沒有修訂外，其餘的都是重訂或新譯的。

　　一是翻譯速度「出乎意料」地「快」，這主要指對於普希金的抒情詩、長詩《歐根・奧涅金》等等浩繁著作的修改、補譯和重抄，1976 年 6 月 15 日，穆旦對孫志鳴說：

> 　　這兩個多月，我一頭扎進了普希金，優游於他的詩中，忘了世界似的，搞了一陣，結果，原以為搞兩年吧，不料至今才兩個多月，就弄得差不多了，實在也出乎意料。〔註 14〕

　　一是傾注心血之重。如果說歸國之初是利用「晚上和業餘時間」來翻譯，那麼，晚年（特別是腿傷之後）的翻譯則可以說是在同命運、死神相搏鬥──直到逝世前兩天，穆旦還在做《歐根・奧涅金》修改稿的最後抄寫工作。

　　1976 年 3 月底──其時，穆旦已經摔傷了腿，郭保衛到穆旦家住過三四天，他曾經追憶過穆旦一天的工作情形：

> 　　每天清晨，洗漱後，他就吃力地架著拐，一步一步挪到書桌前，坐在自己的小床上，打開書，鋪開紙，開始一天的工作。由於腿傷不能長時間固定在一個姿態上，坐久後，便要慢慢地先將自己的好腿放到床上，然後再用手將那條傷腿搬上床，靠著被子，回手從書桌上將剛譯的稿子拿起，對照原著，認真琢磨，不時地修改著。晚上，孩子們各自分頭看書，他又回到自己的小桌前，工作起來。到 11 點鐘，簡單地洗漱後，才吃力地躺下。雖已熄燈，但他並不能很快入睡。夜間，時而可以聽到，他那因挪動自己身體而發出的細微但卻很吃力的呻吟。夜，籠罩了一切，他入睡了──又結束了一天名不副實的「病假」。〔註 15〕

　　事實既如此之卓異，考察其背後的驅動力尤為必要。綜合考察各方面因

〔註 14〕穆旦：《穆旦詩文集・2》（第 3 版），第 265 頁。

〔註 15〕郭保衛：《書信今猶在　詩人何處尋》，杜運燮等編：《一個民族已經起來》，南京：江蘇人民出版社，1987 年，第 174 頁。

素，驅動力大致可分為三個層次。

其一，尋求精神的慰藉，希望藉助優美的文字來緩解殘酷現實對於精神和肉體所施予的壓力，1976 年 5 月 27 日，穆旦和郭保衛說起的是「用普希金解悶」〔註16〕；前引 1976 年 6 月 15 日，他和孫志鳴談起的是「忘了世界似的」。及到 1977 年 2 月 4 日，穆旦對老友杜運燮說──

> 將近一個月來，我煞有介事地弄翻譯，實則是以譯詩而收心，
> 否則心無處安放。誰知有什麼用？但處理文字本身即是一種樂趣，
> 大概像吸鴉片吧。〔註17〕

「樂趣」被置於「用途」之上，可見翻譯給穆旦所帶來的精神慰藉。

其二，痛感當時文藝的「空白」狀況，中文白話詩沒有什麼好讀的，所流行的不過是小靳莊之類用快板、順口溜形式所寫的政治宣傳韻文，缺乏「事實如何」的現實主義作品。

小靳莊位於天津寶坻縣，1974 年 6 月 22 日，江青在視察了此地之後，將社員所寫的詩歌樹為「農業學大寨」「批林批孔」的典型，作為「革命樣板」在全國推廣。《人民日報》《光明日報》《解放日報》《文匯報》以及各省報刊都曾刊載、轉載小靳莊社員詩歌選，並且刊發了大量評論文字及「學習體會」。天津人民出版社先後出版了《小靳莊詩歌選》等 6 本專集，總印數達 170 萬冊；人民文學出版社等機構也出版了小靳莊社員詩歌選。事實上，「小靳莊詩歌選」的盛行在當時的文化語境中是一個相對突出的事件，當時發表並出版了大量「工農兵詩選」「公社社員詩選」「批林批孔詩選」「新民歌選」「知青詩選」一類詩歌，「新詩要向革命樣板戲學習」〔註18〕一類論調非常普遍，它們共同構成了當時公開出版刊物最為基本、也是最為核心的詩歌風貌。〔註19〕

不滿於以小靳莊詩歌為代表的詩歌狀況，同時，熱切希望外國詩歌能夠改變這種狀況，多次出現在穆旦當時的談論之中──構成了穆旦對於此一問題認識的兩個方面。1977 年 1 月 3 日，穆旦在致郭保衛的信寫到：「現在時興的，還是小靳莊之類的詩」，「我想翻譯的外國詩應可借鑒，如果能登些

〔註16〕穆旦：《穆旦詩文集·2》（第 3 版），第 230 頁。
〔註17〕穆旦：《穆旦詩文集·2》（第 3 版），第 179 頁。
〔註18〕尹在勤同名文章，刊載於《人民日報》，1974 年 5 月 5 日。
〔註19〕參見劉福春：《中國當代詩歌編年史：1966～1976》（1974 年之後的相關條目），
　　　　開封：河南大學出版社，2005 年。

這類詩，給大家換換胃口，也是好事。」〔註20〕1977年1月5日，在給老友巫寧坤的信中，明確提出了「文藝復興」的觀念：

> 我越來越覺得，新詩的復興要靠外國作品的介紹。好像歐洲的文藝復興是發難於希臘羅馬的文藝的介紹一樣。〔註21〕

1977年2月12日，穆旦再次和巫寧坤談到了翻譯拜倫詩歌以及「文藝復興」的話題：「我認為中國詩的文藝復興，要靠介紹外國詩。人家真有兩手，把他們的詩變為中國白話詩，就是我努力的目標，使讀者開開眼界，使寫作者知所遵循。」〔註22〕

現在來看，這類觀點在1976年12月《唐璜》可能出版的消息傳來之前，基本上沒有出現過，之後的出現則相當頻密，可以說，隨著國內政治形勢的變化，以及個人境遇的逐漸好轉，穆旦將更大的文化目標寄寓到翻譯之中，1977年1月28日，他跟郭保衛談到：

> 據說四人幫搞的文藝沒人愛看，那詩歌呢，算不算他搞了一套？現在那一套怎樣了？還是老局面。我倒有個想法，文藝上要復興，要從學外國入手，外國作品是可以譯出變為中國作品而不致令人身敗名裂的，同時又訓練了讀者，開了眼界，知道詩是可以這麼寫的，你說是不是？因為一般讀者，只熟識小靳莊的詩，不知別的，欣賞力太低。〔註23〕

很顯然，穆旦的話題具有直接的現實指向性，他是結合現實文藝狀況來談論翻譯的。可注意這段話中提到的一個說法，譯作「不致令人身敗名裂」，這麼說的時候，第三層動力──一個或許更具個人興味的動力也浮現而出，那就是在當時寫詩將「令人身敗名裂」。這一稱語可能有著兩重含義：寫現實如何的作品將有政治風險性；而迎合當時流行的「小靳莊式」寫法或圖解政治，又將為歷史所唾棄。譯詩則可以避開這一點，因此，對穆旦而言，翻譯被視為寫作的替代品，更或者說，譯詩成為了寫作的另一種形式。若接續此前的話題，這種理念，正是對「丘特切夫」翻譯的精神承繼。

若進一步縷析穆旦本人的文字及其實際效應，可以發現，在對待不同的

〔註20〕語出穆旦1977年1月3日致郭保衛的信，見《穆旦詩文集·2》（第3版），第252頁。

〔註21〕穆旦：《穆旦詩文集·2》（第3版），第207頁。

〔註22〕穆旦：《穆旦詩文集·2》（第3版），第209頁。

〔註23〕穆旦：《穆旦詩文集·2》（第3版），第256～257頁。

翻譯對象的時候，穆旦的情感與理性似乎有所分歧：在情感上，似乎更偏重於普希金，會將普希金置於「英國詩」之上，1976 年 11 月 28 日，穆旦對巴金先生說：

> 經您這樣一鼓勵，我的勁頭也增加了。因為普希金的詩我有特別感情，英國詩念了那許多，不如普希金迷人，越讀越有味，雖然是明白易懂的幾句話。

穆旦甚至有翻譯普希金傳記的念頭：「還有普希金的傳記，我也想譯一本厚厚的。只是在和蘇聯處於如此關係中，這麼介紹普希金未知合不合需要。」〔註 24〕

讀者對於普希金的喜好顯然也給了穆旦以積極的鼓勵，來訪的年輕友人都自稱是普希金詩歌的愛好者，而據周與良回憶：1970 年代初，當時穆旦在農場監督勞動，某日在排隊買飯時，看到一個在食堂工作的青年在看一本很破舊的《普希金抒情詩集》，「好幾天興奮不已」；「這件平凡的小事使得良錚決定修改和增譯《普希金抒情詩集》」。〔註 25〕

但是，在理性層面，英國詩人拜倫似乎又成了穆旦最為看重的詩人，在為《拜倫詩選》所寫的拜倫小傳中，他引述了 1972 年版劍橋英國文學簡史上對拜倫的評語：

> 只在純抒情詩上，他次於最優；因此讀者不應在詩選中去瞭解拜倫。僅僅《恰爾德·哈洛爾德遊記》、《審判的風景》和《唐璜》就足以使任何能感應的人相信：拜倫在其最好的作品中不但是一個偉大的詩人，而且是世界上總會需要的一種詩人，以嘲笑其較卑劣的、并鼓舞其較崇高的行動。〔註 26〕

穆旦在談論所謂「文藝復興」話題的時候，多半都是以拜倫為價值基點的。正因為這種看重，穆旦傾注了大量心血來翻譯拜倫詩歌，特別是煌煌巨作《唐璜》。

〔註 24〕穆旦：《穆旦詩文集·2》（第 3 版），第 164 頁。

〔註 25〕周與良：《地下如有知　詩人當欣慰——穆旦夫人的書面發言》，《詩探索》，2001 年第 3～4 期。

〔註 26〕查良錚：《拜倫小傳》，《拜倫詩選》，上海：上海譯文出版社，1982 年，第 10 頁。

「奧登」與「現代詩選」

　　相比之下，奧登等西方現代詩人在穆旦的翻譯譜系中的位置顯得更為微妙。從書信看，穆旦談及奧登的次數並不算少，也曾將所譯奧登詩歌抄送給友人。比如 1975 年 8 月 22 日，和郭保衛談到所抄錄的奧登作品（篇目不詳），「只希望你看看，不要傳播，不一定要學他，但看看這種寫法，他的藝術可以參考。寫詩，重要的當然是內容，而內容又來自對生活的體會深刻（不一般化）。」〔註27〕9 月 6 日，在給郭保衛的信種，又從「奧登說他要寫他那一代的歷史經驗，就是前人所未遇到過的獨特經驗」引申，「詩應該寫出『發現底驚異』」。〔註28〕9 月 9 日，又在信中抄錄了奧登的《太親熱，太含糊了》一詩。再往下，1976 年 6 月 28 日，和杜運燮談到：「寫詩必須多讀詩……所以我也在忙於讀詩，Auden 仍是我最喜愛的」。〔註29〕1976 年 7 月 27 日，在給郭保衛的信中抄送新譯的奧登詩《暗藏的法律》，9 月 16 日的信中則談到，抄錄此詩「是為了開闊一下詩的寫法」。〔註30〕

　　同時，穆旦還將「新近才翻譯的艾略特和奧登的詩」拿給僅有過一面之緣的柳士同看，「從介紹這兩位現代派詩人的生平、經歷和背景入手」，「又選出幾首代表作作講評」，「其中有兩首是抗戰時奧登來中國寫的」，讓他看所寫的譯注，「逐字逐句」講解。〔註31〕對於經常來訪的孫志鳴，穆旦則是有意識地採取了「詩教」的策略：先摸底，再按照對方對於詩歌理解的實際程度而有選擇性地將譯作給他看：

> 　　先生摸清了我的「底」之後，便有選擇性借一些他剛譯出來的詩給我看。先是拜倫的《貝波》、《科林斯的圍攻》等，後來便是艾略特、奧登、葉慈、斯本德等一大批英美現代詩人的作品。在這些人的作品後面，先生還寫上了精闢的有獨到見解的解釋，尤其使我受益匪淺。
>
> 　　……一次，先生給我講完一首俄文的帕斯捷爾納克的詩歌後，說：「帕斯捷爾納克的風格和普希金不一樣，倒可以稱得上是蘇聯的

〔註27〕穆旦：《穆旦詩文集‧2》（第 3 版），第 211 頁。

〔註28〕穆旦：《穆旦詩文集‧2》（第 3 版），第 213 頁。

〔註29〕穆旦：《穆旦詩文集‧2》（第 3 版），第 175 頁。

〔註30〕穆旦：《穆旦詩文集‧2》（第 3 版），第 238 頁。

〔註31〕柳士同：《一面之師──紀念查良錚先生逝世十週年》，杜運燮等編：《一個民族已經起來》，南京：江蘇人民出版社，1987 年，第 167 頁。

艾略特⋯⋯」〔註32〕

這裡所提到的艾略特、奧登、葉慈、斯本德等人，即是後來成書的《英國現代詩抄》中的作者，不過，帕斯捷爾納克的詩歌倒不曾發見。而從上面的這些摘錄中不難看出，「奧登」的價值在於：可以開闊詩的寫法。在某些時刻，「奧登」等現代詩人則充當了詩歌教育的某種準繩。

不過，從 1976 年 12 月 9 日給杜運燮的信來看，穆旦對於奧登的看法發生了某種改變——

> 詩是來自看法的新穎，沒有這新穎處，你就不會有勁頭。有話不得不說，才寫。這是一類詩，像 Auden 的即是。但這類詩也有過時之日，時過境遷，大家就不愛看它了。〔註33〕

也是在這一時刻，穆旦對於「風花雪月」的看法也發生了改變：最初談及「風花雪月」的時候，看法基本上是負面的，如 1975 年 8 月 22 日給郭保衛的信中稱，「深刻的生活體會，不能總用風花雪月這類形象表現出來」。〔註34〕9 月 6 日，又和郭保衛談到，中國詩與西洋詩的「一個主要的分歧點是：是否要以風花雪月為詩？現代生活能否成為詩歌形象的來源？西洋詩在二十世紀來一個大轉變，就是使詩的形象現代生活化，這在中國詩裏還是看不到的（即使寫的是現代生活，也是奉風花雪月為詩之必有的色彩）」。〔註35〕在 9 月 19 日致郭保衛的信中，甚至舉自己的早年詩作《還原作用》為例，認為它有「一種衝破舊套的新表現方式」，而「沒有『風花雪月』」。總體而言，「風花雪月」被認為不適合於「現代生活」這一總體語境，奧登則是寫作「現代生活」的突出代表。〔註36〕

但到了 1976 年 11 月 7 日，穆旦在和郭保衛談論時的語氣發生了變化：「作品和政治聯繫少的，也許經得住時間一些，風花雪月還是比較永久的題材。」〔註37〕及到 1977 年 2 月 12 日，在給巫寧坤的信中，更是明確將奧登放在次一等的位置：

〔註32〕孫志鳴：《詩田裏的一位辛勤耕耘者——我所瞭解的查良錚先生》，杜運燮等編：《一個民族已經起來》，南京：江蘇人民出版社，1987 年，第 186～187 頁。

〔註33〕穆旦：《穆旦詩文集·2》（第 3 版），第 176 頁。

〔註34〕穆旦：《穆旦詩文集·2》（第 3 版），第 211 頁。

〔註35〕穆旦：《穆旦詩文集·2》（第 3 版），第 212 頁。

〔註36〕穆旦：《穆旦詩文集·2》（第 3 版），第 219 頁。

〔註37〕穆旦：《穆旦詩文集·2》（第 3 版），第 244 頁。

我認為中國詩的文藝復興，要靠介紹外國詩。人家真有兩手，把他們的詩變為中國白話詩，就是我努力的目標，使讀者開開眼界，使寫作者知所遵循。普希金和拜倫正好比我們現有的水平高而又接得上，奧登則接不上。雖然奧登低於前兩位大師。〔註38〕

對於晚年穆旦而言，「奧登」還有更為直接的浮現，那就是那部未最終完成的《英國現代詩選》的翻譯。大約在1973年的時候，周珏良將親戚從美國帶來的《西方當代詩選》轉贈給了穆旦，穆旦開始有選擇地進行翻譯──暫未獲知具體的情形，但據前述，1975～1976年間，穆旦曾將新譯奧登、艾略特等人的詩歌抄送或拿給朋友們看，顯示了相關翻譯的進展。〔註39〕而據周珏良所稱，1977年春節到天津的時候，穆旦曾和他談起「又細讀了奧登的詩，自信頗有體會，並且在翻譯。那時他還不可能知道所譯的奧登的詩還有發表的可能。所以這些譯詩和附在後面代表他對原詩的見解的大量注釋，純粹是一種真正愛好的產物」。

最終形成的是一個作品收錄極不平均的集子：共收入6位詩人的作品，分別為艾略特11首、奧登19首／詩組、斯蒂芬・斯彭德7首、C. D. 劉易斯3首、路易斯・麥克尼斯3首、葉芝2首。奧登的作品最多，大致符合跟杜運燮所談，「Auden仍是我最喜愛的」。但就整體而言，稱其為「純粹是一種真正愛好的產物」似可說得過去，不過與同時期大量翻譯的普希金和拜倫作品相比，這冊「真正愛好的」、最終以「現代詩選」命名的集子實在是太過單薄。

在周珏良看來，穆旦早年在西南聯大時期因威廉・燕卜蓀的現代詩課堂所講授的「葉芝、艾略特、奧登以及更年輕的狄蘭・托馬斯（Dylan Thomas，1914～1953）的詩」──「接觸了新事物」而「更開闊了他的詩的境界」，「有許多作品就明顯的有艾略特的影響」，由此，「於七十年代後半期又譯了當時幾乎無人過問的艾略特等人的詩，這就不是沒有淵源的了」。也就是說，從早年的閱讀、創作到晚年的翻譯，自有其內在的線索，但放大到穆旦的全部翻譯行為來看，也不難發現其中的一個奇異現象，穆旦早年曾有過一些文學翻

〔註38〕穆旦：《穆旦詩文集・2》（第3版），第209頁。

〔註39〕穆旦1976年3月8日致郭保衞的信中，還抄錄了路易士的《兩人的結婚》。按：對照書信中所抄錄的譯稿和《英國現代詩選》，文字、標點、詩行等方面略有出入，不知是穆旦本人的修訂還是謄錄或排版所造成的錯漏。

譯活動，所譯多為現代英語詩人的文字（詩和詩論），《英國現代詩抄》裏的艾略特、C. D. 劉易斯（早年譯為臺·路易士）、路易斯·麥克尼斯早年即曾有過翻譯，其中也有相同的篇目如艾略特的《J·A·普魯佛洛的情歌》；拜倫、雪萊以及濟慈、布萊克等前現代詩人的作品均未涉及。新中國初期由美國留學回來之後，成為操持俄、英兩種語言的譯者，翻譯對象轉向了前現代詩人詩作。而關於西方現代詩歌的翻譯，從 1973 年開始，到 1977 年逝世，期間差不多四年時間，所得卻只是薄薄一冊，兩相對照，可見晚年穆旦對於「現代詩」的翻譯顯然是並未傾注太多心力。

何以如此呢？周玨良曾解釋說，《英國現代詩選》出現的那種不均衡的情狀，並非「不重視」，而是因為穆旦「不幸早逝，這本詩選還是未完成的傑作」。〔註 40〕

這固然也不錯，但穆旦晚年翻譯的數量那麼巨眾，卻撇下了這類「現代詩選」，可能也還有更為內在的原因。如周玨良所稱，穆旦當時不知道這類詩歌「還有發表的可能」，其間包含了對於時局的判斷，即基於奧登詩歌、個人寫作以及當時的語境而形成的對於「詩」的認識——更確切地說，是對於「詩」的懷疑：

> 奧登說他要寫他那一代人的歷史經驗，就是前人所未遇到過的獨特經驗……我由此引申一下，就是，詩應該寫出「發現底驚異」……所以，在搜求詩的內容時，必須追究自己的生活，看其中有什麼特別尖銳的感覺，一吐為快的……最重要的還是內容。（1975 年 9 月 6 日致郭保衛的信）〔註 41〕

> 我搞的那種詩，不是現在能通用的……可是我又不會換口徑說話。我喜歡的就是那麼一種……我是特別主張要寫出有時代意義的內容。問題是，首先要把自我擴充到時代那麼大，然後再寫自我，這樣寫出的作品就成了時代的作品。這作品和恩格斯所批評的「時代的傳聲筒」不同，因為它是具體的，有血有肉的了。（1975 年 9 月 9 日致郭保衛的信）〔註 42〕

〔註 40〕 幾處所引周玨良的文字均出自《序言》，查良錚譯：《英國現代詩選》，長沙：湖南人民出版社，1985 年，第 1〜2 頁。
〔註 41〕 穆旦：《穆旦詩文集·2》（第 3 版），第 213 頁。
〔註 42〕 穆旦：《穆旦詩文集·2》（第 3 版），第 217 頁。

寫詩當然不是一條「光明大道」，這一點望你警惕，能放棄就放棄為好。我覺得受害很大，很後悔弄這一行。（1976 年 2 月 17 日致郭保衛的信）〔註43〕

詩的目前處境是一條沉船，早離開它早得救……（1976 年 8 月 27 日致郭保衛的信）〔註44〕

儘管「奧登」不能完全涵括其他幾位詩人，但以此來看，穆旦未能進行更多西方現代詩的翻譯，應該說是跟他對於時局、對於「詩」的判斷有著緊密的關聯。

而從另一個角度來看，則也可能和當時穆旦的翻譯動機及詩學理念有關。儘管晚年穆旦在書信種多次談及以奧登為代表的二十世紀「西洋詩」的重要轉變與詩學意義，但從 1977 年初發表的「普希金和拜倫正好比我們現有的水平高而又接得上，奧登則接不上。雖然奧登低於前兩位大師」這類觀點來看，在穆旦所謂借助外國詩來促成中國的「文藝復興」這一總體話域之中，所依憑的對象是拜倫、普希金一類前現代詩人，也即，拜倫、普希金一類古典詩學資源對「現代詩」可能產生了某種排斥作用，或者說，「普希金」和「拜倫」這些前現代的詩人壓倒了典型的現代詩人「奧登」，這雖難以確斷，但從翻譯數量上的巨大反差看，似乎是如此。

總的來看，由於穆旦過早去世，事實似乎就這樣處於一種難以斷定的狀態，在早年零星的關於現代詩及詩歌理論的翻譯與晚年關於現代詩的較少翻譯之間，讀者所看到只能是這樣一種雖連貫、卻未及全部展開的奇異圖景了。

餘論　新時期的到來與穆旦譯著的境遇

當穆旦對普希金、拜倫等英語詩歌和俄語世界的偉大詩人發表熱烈贊辭的時候，對於中國大地（漢語讀者）這個更廣袤的世界——更隱秘的閱讀空間與寫作空間裏的情形，他可能所知不多。身處厄境的知青對於普希金的熱愛他自然是有感知的，其他更多的情況，比如知青食指在當時的某些詩歌寫作，他可能就無從察知。

〔註43〕穆旦：《穆旦詩文集·2》（第 3 版），第 224 頁。
〔註44〕穆旦：《穆旦詩文集·2》（第 3 版），第 235 頁。

食指現今已被塑造成 1960～1970 年代「地下詩壇」的英雄人物。〔註45〕
1967 年，食指寫有一首《書簡（一）》，其中有這樣四句：

> 我們應當永遠牢記一條真理
>
> 無論在歡樂還在辛酸的日子裏
>
> 我們的心啊，要永遠向前憧憬
>
> 這樣，才不會喪失生活的勇氣〔註46〕

看起來，這些詩句脫胎於當時讀者非常熟悉的俄羅斯詩人普希金的
《「假如生活欺騙了你」》或「民粹派」詩人納德松的某些詩歌。查譯普希金
《「假如生活欺騙了你」》全詩為：

> 假如生活欺騙了你，
>
> 不要憂鬱，也不要憤慨！
>
> 不順心的時候暫且容忍：
>
> 相信吧，快樂的日子就會到來。
>
>
> 我們的心永遠向前憧憬，
>
> 儘管活在陰沉的現在：
>
> 一切都是暫時的，轉瞬即逝，
>
> 而那逝去的將變為可愛。

此詩收入《普希金抒情詩一集》，新文藝出版社 1957 年 9 月新 1 版，
至 1958 年 7 月，該書共有 3 次印刷，累計印數為 76000 冊，可說是有著較
大的傳播量。詩人納德松（1862～1887）的傳播情況不詳，1950 年代所出
版的康·巴烏斯托夫斯基的《金薔薇》一書曾錄有這樣的詩句：「我的朋友，
我的弟兄，疲憊不堪的、苦難的兄弟，不管你是誰，都不要悲觀自餒！」
〔註47〕

而舉食指為例，並非要討論其當時詩作如《書簡（二）》《相信未來》對
於俄羅斯文學資源的倚重，而是想視其為一種隱喻，即「查譯名著」在特定
年代裏的特殊魅力：不僅讓不同時代、不同國度卻有著相似境遇的心靈相互

〔註45〕可參見廖亦武主編：《沉淪的聖殿──20 世紀 70 年代中國地下詩歌遺照》，
烏魯木齊：新疆青少年出版社，1999 年，第 53～124 頁。

〔註46〕食指：《食指的詩》，北京：人民文學出版社，2000 年，第 22 頁。

〔註47〕〔俄〕巴烏斯托夫斯基：《金薔薇》，李時譯，上海：上海文藝出版社，1959
年，第 217 頁。

應和，更直接衍生為寫作實踐。〔註48〕

新時期之後呢，從表象數據來看，穆旦關於中國文藝「復興」的期待（遺願）得到一定程度的落實是無疑的，查譯名著大量出版，且印數往往非常龐大，動輒數萬、十數萬冊，如下為各主要譯著的出版數據：

《唐璜》（拜倫），人民文學出版社 1980 年 7 月版，初印 40000 冊。後多次重印或再版，累計印數不詳。

《普希金抒情詩選集》（上），江蘇人民出版社 1982 年 1 月版，初印 138500 冊；1983 年 1 月，2 印至 248500 冊。

《拜倫詩選》，上海譯文出版社 1982 年 2 月版，初印 43000 冊，1983 年 2 月，2 印至 123000 冊。

《普希金抒情詩選集》（下），江蘇人民出版社 1982 年 4 月版，初印 138500 冊；1983 年 1 月，2 印至 248500 冊。

《雪萊抒情詩選》，人民文學出版社 1982 年 11 月第 3 次印刷，累計印數達 142500 冊，此前兩次印刷的累計印數為 12500 冊。

《歐根·奧涅金》（普希金），四川人民出版社 1983 年 10 月版，初印 53000 冊。

《英國現代詩選》（艾略特等），湖南人民出版社 1985 年 5 月版，初印 13650 冊。

《丘特切夫詩選》，外國文學出版社 1985 年 5 月版，初印 20100 冊。

《普希金敘事詩選集》，四川文藝出版社 1985 年 6 月版，初印 21650 冊。

《愛的哲學》（雪萊），人民文學出版社 1987 年 5 月版，初印 100000 冊。

《羅賓漢傳奇》（〔英〕查爾斯·維維安著，與李麗君、杜運燮合譯），中國文學出版社 1998 年 3 月版，初印 5000 冊。

查譯著作得以大量出版，自是與當時的文學語境有著密切關聯。總體而

〔註48〕食指熟知普希金以及俄羅斯詩歌，儘管普希金的中譯本眾多，並無直接證據表明他所閱讀的即查良錚譯本，但並不妨礙這一隱喻認識。

言，拜倫、普希金以及雪萊著作的印數尤其之大，《英國現代詩選》《丘特切夫詩選》這兩本在當下語境之下談得較多的譯本印數則較小，且都沒有再版或重印的信息。其中，《英國現代詩選》被列入在 1980 年代產生廣泛影響的「詩苑譯林」叢書，這有助於其影響的擴散。

關於新時期以來的翻譯作品，作家王小波（1952～1997）有過一個別有意味的說法：

> 假如中國現代文學尚有可取之處，它的根源就在那些已故的翻譯家身上。我們年輕時都知道，想要讀好文字就要去讀譯著，因為最好的作者在搞翻譯。這是我們的不傳之秘。〔註49〕

1967 年，王小波在 15 歲的時候讀到了查譯普希金的《青銅騎士》，並且自認為終生受益。在比較了查譯《青銅騎士》和一位帶有東北「二人轉的調子」的譯作之後，桀驁的王小波對於查良錚、王道乾等翻譯家表達了崇高的敬意：這些「曾是才華橫溢的詩人」「發現了現代漢語的韻律」，看了他們的譯筆，「就算知道什麼是現代中國的文學語言了」——

> 查先生和王先生對我的幫助，比中國近代一切著作家對我幫助的總和還要大。現代文學的其他知識，可以很容易地學到。但假如沒有像查先生和王先生這樣的人，最好的中國文學語言就無處去學。

> 從他們那裡我知道了一個簡單的真理：文字是用來讀的，不是用來看的……我們已經有了一種字正腔圓的文學語言，用它可以寫最好的詩和最好的小說，那就是道乾先生、穆旦先生所用的語言。不信你去找本《情人》或是《青銅騎士》念上幾遍，就會信服我的說法。

王小波將優秀譯筆之於中國文學建設的作用推向了某種極致——「不傳之秘」一詞尤其顯得富有深意，似乎真有那麼一條秘密通道，讓不同時代、不同境遇的心靈匯合。這既是一種個人經驗，也不妨說是一種隱喻：即文學（好的文字）之於內心的隱秘意義。當然，王小波式喟歎終究只是一種個人經驗式的表述，查譯著作之於新時期文學的效應還有待學界做更為學理化的

〔註49〕 本小節所引王小波的文字據《我的師承》與《用一生來學習藝術》兩文，見《沉默的大多數》，北京：中國青年出版社，1997 年，第 314～317 頁，第 318～321 頁。

探討。

再往下，1980 年代末期以來，隨著社會轉型，普希金、拜倫這些曾經在中國引起非常熱烈反響的「經典作家」逐漸受到冷遇；那些年代更近、更具「現代氣息」的詩人受到了更多歡迎，獲得更多的讚譽，奧登是其中一例。

穆旦對於拜倫、普希金一類翻譯對象的倚重，有時會令我想起翻譯巴爾扎克或羅曼‧羅蘭的著名翻譯家傅雷，有人曾為穆旦扼腕，有的也為傅雷歎息，似乎他們將才華大量地浪費在「可譯可不譯」的對象之上。〔註 50〕以某種「當下意識」來衡量，這類說法並不錯，但「當下意識」往往是不斷變化的，因此，這與其說是當初穆旦發生了誤判，倒不如說是新詩的歷史進程發生了令人難以預判的新變。

〔註50〕為傅雷惋惜的言辭不少。穆旦方面，段從學談到：1940 年代與穆旦有過交往的詩人方敬晚年認為《唐璜》只是「一部可譯可不譯的作品，言下頗有為穆旦惋惜之意」，見《回到穆旦的豐富性和複雜性》，《新詩評論》，2006 年第 1 輯。

第五輯

　　對於跨越中國現當代階段的作家研究而言，如何更為廣泛地獲取文獻，已被認為是一個重要的問題。各類文獻之中，檔案又被認為是至關重要的一類，但如何獲取卻始終是一大難題。

　　此前，在寫作《穆旦年譜》（2010）的時候，有一個最直觀的判斷，穆旦少有自述類文字，直接的生平文獻偏少，儘管八卷本《穆旦譯文集》和兩卷本《穆旦詩文集》已出版，亦有專門的年譜和傳記，穆旦寫作和發表的主要格局已定，但是其生平之中的若干重要轉折點幾乎都是模糊不清的，最終破解這一難題的，是穆旦生前任職單位的檔案館所藏的一批檔案文獻。

　　當時是盡可能窮盡地利用了該檔案館的文獻，且以為這類文獻只會見於檔案館一類機構，未曾料到近年來有多批穆旦的檔案類文獻流出——它們原本亦是應歸入相關檔案卷宗的，不知何故流散書肆之間，所寫與原有檔案略有重疊，更多的是全新的內容。

　　因為較多檔案文獻的存在，對於新中國的穆旦的討論，有了更為切實的內涵。

「她嶄新的光明的面貌使我歡快地激動」——從新見材料看回國之初穆旦的行跡與心跡

　　對跨越現當代階段的作家研究而言，如何更為廣泛地獲取文獻，以達成對於作家更深入的認識，已被認為是一個重要的問題。各類文獻之中，檔案又被認為是至關重要的。十餘年前，我開始著手撰寫《穆旦年譜》的時候，即有一個直觀的判斷，儘管八卷本《穆旦譯文集》和兩卷本《穆旦詩文集》已出版，亦有專門的年譜和傳記，穆旦寫作和發表的主要格局已定，但是，穆旦的生平材料實在太少，毫不誇張地說，穆旦生平之中的若干重要轉折點幾乎都是模糊不清的，最終破解這一難題的，就是穆旦生前任職的南開大學檔案館所藏穆旦個人檔案及其他相關的檔案卷宗。它們不僅釐清了穆旦的諸多生平疑點，也比較深入地凸顯了穆旦與新中國文化語境之間的內在關聯。

　　近期，孔夫子舊書網的拍賣平臺出現了兩批穆旦（以及夫人周與良）留學歸來之初的材料。本文所述及的是 1953 年 1 月至 4 月間的多種回國留學生登記材料，以及政府部門的相關函件，主要如下：

　　　　1953 年 1 月 15 日，《回國留學生登記表》（周與良）

　　　　1953 年 1 月 16 日，《回國留學生登記表》（查良錚）

　　　　1953 年 1 月 17 日，廣東省人民政府文教廳函

　　　　1953 年 2 月 20 日，致「查良錚、周與良同學」（未署名，落款處有「存底」／「司章」字樣）

　　　　1953 年 2 月 21 日，《回國留學生登記表》《回國留學生分配工作登記表》（查良錚）

　　　　1953 年 2 月 21 日，《回國留學生登記表》《回國留學生分配工作登記表》（周與良）

　　　　1953 年 3 月 6 日，中央人民政府高等教育部函

　　　　1953 年 4 月 6 日，《回國留學生分配工作意見簽》（中央人民政府人事部第三局）

　　　　1953 年 4 月 14 日，致「存德同志」（周與良、查良錚）

　　　　1953 年 4 月 22 日，中央人民政府人事部第三局二科簽發的文件

　　這些材料原本是應歸入相關檔案卷宗的，不知何故流散書肆之間（時間在 2015 年、2016 年）。它們與原有檔案略有重疊，更多的則是新見材料，有助於更為精細地呈現穆旦回國之初的行跡和心跡。網絡交易平臺之於材料發掘的意義、新材料之於作家研究的特殊效應，於此都可見一斑。

廣東，新起點

　　此前，穆旦回國之初的行跡出自妻子周與良的回憶：1953 年初，經香港、九龍、深圳、廣州、上海，抵達北京。當時，國內親戚替夫婦兩人辦了從香港入境的手續，但香港只允許回大陸的旅客過境。當郵輪到達香港附近，他們就被中國旅行社用小船送到九龍火車站附近。上岸後，又被香港警察押送到九龍車站──

　　　　在車站檢查很嚴，然後關在車站的一間小屋裏，門口有警察，不准出屋，停留了幾個小時，由香港警察押送上火車。火車開了一小段，又都下車，因這段車軌不相連，走了一小段，再上火車，在深圳停留了一天，等待審查。然後去廣州，住在留學人員招待所，填寫了各種表格，住了一週審查完畢，才離開廣州。〔註1〕

　　新近材料充實了在廣州時期的信息。穆旦夫婦於 1953 年 1 月 14 日抵達廣州，所見最早的材料則是 1 月 15 日妻子周與良填寫的《回國留學生登記表》和 1 月 16 日穆旦本人填寫的《回國留學生登記表》。兩份表格的版式內

───────────────

〔註1〕參見周與良：《永恆的思念》，杜運燮等編：《豐富和豐富的痛苦》，北京：北京師範大學出版社，1997 年，第 157 頁。

容是相同的，如下為穆旦表格的主要內容：

　　國內學歷及專長學科：清華大學外文系畢業，專長於詩的創作及批評，在國內文化生活出版社（巴金主編）印有詩集一冊。

　　國外學歷及專長學科（中外文）：芝加哥大學英文系碩士，專攻英詩，戲劇，創作方法，及俄文。

　　國內工作經歷：西南聯合大學外文系助教。緬印遠征軍翻譯官及英文秘書。中國航空公司職員。瀋陽新報編輯（此報後被蔣政府查×〔註2〕）。聯合國糧農組織編譯。

　　國外工作經歷（中外文）：聯合國糧農組織駐東南亞分處（設在泰國）編譯。美國函授學校英文教員。

　　工作志願：教書或編著工作。

　　國內重要社會關係：巴金（「作家」、「友人，並曾代出版創作詩集」）、馮至（「教授及作家」、「師友，因為都寫詩，所以很熟」）、王佐良（「外國語學校教授」、「同學及好友」）、杜聿明（「國民黨反動派軍人」、「曾在他部下做翻譯及秘書」）。（說明：此處表格比較細，非原文完整照錄）

　　國外重要社會關係（中外文）：陳時侃，同學，想回祖國卻一時回不來。

　　通訊處：離招待所後──北京北新橋小菊胡同4號；永久──天津桂林路20號轉。

　　在目前所見穆旦所填寫的類似表格之中，這一份算是最簡單的，僅一頁。表格內容也與日後的諸種表格有一些重要差別，比如社會關係一欄，區分為國內和國外，而不是「進步的社會關係」和「反動的社會關係」──日後，杜聿明即是一再地被填入「反動」一欄之中。至於「國外重要社會關係」一欄所填寫的陳時侃，日後未再出現在穆旦所填寫的各類表格之中。

　　填寫這兩份材料的時候，穆旦和妻子應該還在廣東。上述兩份登記表均蓋有「廣東省人民政府文教廳」公章，而且，新材料中，有1953年1月17日

〔註2〕此處有一字被所貼照片蓋住，疑為「封」。按：因本文所涉及的材料，多為手寫，凡字跡難以辨識的，均用「×」標記。

廣東省人民政府文教廳函件兩封〔（53）財留　內字第六號／第柒號　公元一九五三年一月十七日〔註3〕〕，函件為介紹函，送達機關不詳，穆旦和妻子為分別填寫，函件為同一款式，上面還印有文教廳廳長杜國庠和兩位副廳長蕭雋英、秦元邦的名字，以穆旦材料為例，函件正文為：

> 茲有回國留美學生　查良錚　攜家屬　人由廣州經上海赴天津　特介紹前來請予接見指導並簽發證明以便該生依法辦理居留手續為荷。

在廣州期間，穆旦見過同學王正憲，並經他帶領見過曾任教於西南聯大，時任嶺南大學校長的陳序經。稍後北歸途徑上海時，穆旦與巴金夫婦、王勉等文化界人士有過碰面，而穆旦夫婦離開廣州一個月之後，廣東省人民政府文教廳曾有信寄到北京，但原信未見，目前所見只有相關部門 2 月 20 日發出的一則短函——

> 查良錚、周與良同學：
>
> 茲將廣東省人民政府文教廳給你們的信件一封轉去。因該信寄到時信封已破裂，故特加封寄去，希查收。
>
> 又你們前次離京時，事前未曾與我們聯繫，不知你們的計劃如何？是否仍擬回北京？你們進行工作的計劃如何？希來信報告我們。
>
> 　　　　　　　　　　　　　　　　　　司章
> 　　　　　　　　　　　　　　　　　　二‧廿

實際上，更確切地說，目前所見，是一份寫有「存底」字樣的函件。而「司章」也只是手寫體，而並非某司的公章。從此後的一些函件來看，這個「司」應該是中央人民政府高等教育部學校人事司。信封「破裂」自然是一個很微妙的說辭（或有信件檢查的行為），填寫各種表格、按照組織的要求「依法辦理」各種手續、及時向組織報告行程和未來計劃，這是都是回到新中國的穆旦夫婦所不得不面對的新的現實。

開始填寫「認識」「動機」與「感想」

新見材料之中，接下來的是 1953 年 2 月 21 日的四份登記表。當日，

〔註3〕周與良的材料，日期誤為「一九五一年」。另外，兩份材料，「財留」二字均不夠清晰。

穆旦填寫了《回國留學生登記表》（回字第 938 號）、《回國留學生分配工作登記表》（回字第 938 號，中央人民政府人事部制），前者比較簡略，為 A3 紙大小的油印件（中縫對折），後者則是更為正式的打印件，且膠裝成冊，內頁共有 5 版。周與良亦填寫了兩份相同的表格（回字第 939 號）。

比照廣州時期，抵達共和國首都之後所填表格在內容版塊上有了一些重要的變化，具體填寫亦有變化。先看《回國留學生登記表》的主要內容：

專長：英詩；戲劇及小說的創作方法；俄文及文學。

工作志願：文學研究工作或綜合性大學內的教書工作。

回國日期及經過情形：1952 年 12 月返國。經過九個月的手續，請了律師和學校幫助，才得以和愛人一同返國。

詳細學歷及履歷（請注明年月）：此次將 1929 年進入南開中學之後的主要經歷一一列出，具體從略。

著作：探險隊（詩集），旗（詩集），穆旦詩集（詩集），A little Treasury of World Poetry（內有自己的詩二首）。

社會關係（有什麼至親好友？姓名、職業及政治面目）：周叔弢、王佐良、江瑞熙、杜運燮、袁水拍、巴金、李廣田、梁再冰。（說明：此處內容較多，具體信息從略。）

參加過什麼黨派或社會活動：西南聯大南荒文藝社，芝加哥中國同學學術討論會。

「回國日期及經過情形」「詳細學歷及履歷」「參加過什麼黨派或社會活動」等版塊為新增，「專長」「工作志願」「著作」「社會關係」等版塊的填寫則已有微妙的變化。多少有些令人意外的是，《回國留學生分配工作登記表》雖是同一日所填寫，一些相同版塊的填寫卻也有差異。有的涉及史實，比如回國時間由 1952 年 12 月變為 1953 年 1 月——綜合各種材料來看，更準確的說法是：1952 年 12 月動身，1953 年 1 月回國。而有的變化，綜合穆旦檔案中的各種表格來看，則可能是時勢使然。〔註 4〕

〔註 4〕這一點，我曾就多種表格之中的兩個細節予以說明：一個是「曾用名（筆名）」的填寫，即是否填入筆名「穆旦」；另一個是所列「證明人」、社會關係（進步的與反動的）或交往情況（「經常來往的朋友」）等部分的人員變化，認為其中都包含了「對於時代語境的感知」。參見易彬：《穆旦評傳》，南京：南京大學出版社，2012 年，第 415～416 頁。

當然，更引人注意的是內容版塊上的變化。其中，「國內外社會關係」一欄，分「進步的」和「反動的」兩格，前者共填有 9 位，人員和《回國留學生登記表》相同，但順序有變化，依次為：王佐良、杜運燮、江瑞熙、巴金、袁水拍、楊剛、周叔弢、梁再冰、李廣田。後者所填則是 4 位國民黨員：查良鑑（臺灣偽司法行政部次長，堂兄）、查良釗（印度德里大學教書，堂兄）、杜聿明（反動軍人，已被俘；在他部下做英文編輯）、羅又倫（臺灣，教他英文，朋友）。

「在國內外參加過何種社會活動」「國內外詳細學歷及經歷」兩欄，均增加了「證明人」版塊，所填「證明人」依序有：杜運燮，北京新華社工作；李志偉，北京國際經濟研究所；周珏良，外國語學校教授；王佐良，外國語學校教授；楊剛，政務院總理辦公室；徐露放，中國茶葉公司；李舜英，中國人民銀行；江瑞熙，北京新華社編輯；周華章，同行返國。

更大的變化是增加了「回國經歷情形」「在國外對新中國的認識及回國動機」「你在回國後有何感想」等版塊。「認識」「動機」與「感想」部分，均是預留了整版的篇幅，顯然不是兩三句話就能交待清楚的，而需要對自己進行深入的思想解剖——由此也可以說，「名為『登記表』，實際上就是一種交待材料，它要求個人交出自己的過去、現狀以及對於未來的想像，將自己的一切置於時代的掌控之下，再也不能為內心保留某種秘密。」〔註5〕至於「回國經歷情形」一欄，預留的也有半頁篇幅，實際填寫時也涉及思想方面的內容。

需提及的是，坊間新見的這份《回國留學生分配工作登記表》，並非穆旦本人所填寫，而是一份抄件。南開大學檔案館現存有一份由穆旦本人本日所填寫的登記表（這也是此前所見穆旦回國之後最早的材料），兩者內容相同，可證明此份抄件的真實性。先前在撰《穆旦年譜》時，因為一些因素的限制，檔案材料對思想認識部分的內容引述不夠，現一一摘錄如下〔註6〕：

回國經歷情形？

　　我和愛人同在美國讀書，她讀植物，我讀文學。我是要早些回來的，不過為了等愛人畢業，直到一九五二年三月她畢業了，才辦

〔註5〕參見易彬：《穆旦評傳》，南京：南京大學出版社，2012 年，第 300 頁。
〔註6〕因該件內容較多，後幾頁字跡較草，此處錄自南開大學檔案館所存材料。至於該抄件出自何人之手，暫不可知。

理返國手續。那是美帝已不准理工同學返國，這情形使我們焦慮萬分，不敢到移民局去聲請〔註7〕，因為一旦被批駁，便有永遠不能離美的危險。和朋友們經常打聽消息和研究辦法的結果，決定了最好是繞道別國，假充到別國去居留。因此我便替愛人發了不下二三十封求職信到各國，如果她能找到事去，我便先行返國。但是歷經四五個月的求職，只有印度肯考慮，有希望，但終以路費問題而不果。此路既不通，我們便想第二個辦法，就是找人向移民局暗中疏通。好容易得知一位猶太律師，和他們很熟，通過他得知如有學校證明信，證明她所學的無實際用途而且美國不需要的，便有希望。以前教授是不肯寫這種信的，因為他根本不同情我們返國。以後看到我們歸意堅決，便寫了信。於是通過這信和律師的人情，我們便於十月初獲得移民局的准許返國。但香港過境，又有問題，必需有卅人以上才能團體押送過境，因是我們又由十月初等到十二月底，才得以搭船離美。這等待是令人焦急的，因為恐怕艾森豪威爾上臺後，辦法加緊，我們或許走不成的。

在國外對新中國的認識及回國動機？

在美國住了三年半，逐漸對它加深了認識，令人不能忍受的感覺與日俱增，終至於深惡而痛絕。所謂自由，平等，博愛，每天掛在說教人，報紙和廣播員的嘴上，流露在無恥的中產階級的自滿自足的意識裏，可是實際上，就是他們在幹著最不自由，最不平等，最不博愛的勾當。人們做著工資的奴隸，一般人用以品評人的標準，是看他賺錢多少，有多大努力，有多少辦法去壓榨人，去「損人利己」。上司（boss）的專制和蠻橫，已經是被認為自然間固定法則一般地被接受著，在上司下面工作的人們，便每天戰戰兢兢地過著日子。美國雜誌報章上每講到別國人民時，總是用著輕蔑的開玩笑的口吻，像是大人講著不長進的頑童一樣；並且以黑當白，以白當黑，對於凡是好的事情（像民族獨立運動這麼明顯的好事）都儘量予以侮辱。在美國國內，有多少民族，便分成多少被歧視的層次；做帝國主義最久的民族，便最受尊敬。美國的法律，更是扶強欺弱。土

〔註7〕「聲請」當作「申請」。

匪和騙子，已經成了可尊敬的法律制定者，並且做著各種負責的職務。就是這樣的一種社會（它的貧窮和多種腐化墮落的現象尚未列舉），給我呈現了資本主義社會極端發展的典型。而就是這種社會，美國人還要讚美它，說它是「西方文明」的堡壘，其所自眩的「文明」程度和「言論自由」，簡直令人作嘔。

我自己是學文學的，在文學上，更覺得所謂的「西方文明」是完全破產而且日趨沒落了。英美資產階級文學已由十九世紀末的沙龍和象牙塔走出，現在是走向墳墓，以歌頌「死」和神秘主義為唯一的題材了。文學作品中一切的人生問題，都要提到形而上的水平上討論，才能顯得「高深」，才「值得注意」。實際上已經只剩了幾個空洞僵死的名詞在那裡耍來耍去；就是專門追求技巧的作家，他所自詡的技巧也因為沒有活的內容，而變成寒酸小巧的裝飾。尤其值得注意的一件事是：凡是不肯接受共產主義的「西方」作家，無論以前他有怎樣似乎是堅實的作品，現在都在腐化和沒落著，他的作品也隨著他的反動傾向日益黯淡和解體了。（如 Auden，Spender，Steinbeck，……〔註8〕等）。

由於對於帝國主義世界完全厭絕，我對於和它完全相反的，一切都蓬勃合理向上的共產主義世界，便充滿了傾慕和渴望。我愛祖國，尤其是因為她在共產主義的世界裏。從國內朋友的信中，從寄到的報紙雜誌中，我覺得自己的理解和猜想完全得到了證實。在美時和中國同學談話，常常為了辯護及解釋祖國一切合理的設施，爭辯得面紅耳赤。以後覺得如此下去，自己會處於危險的地位，便自動少說。但因此，自己更難過日子，而對於白華學生和那欺騙蒙昧他們的教育以及他們反動的階級本質，也更加厭惡。在最後九個月中，我感覺無法再在美國呆下去，再呆下去，自己會瘋了的！

你在回國後有何感想？

回國以後，立刻感到祖國的溫暖和親切；她嶄新的光明的面貌使我歡快地激動。在個人具體的認識上，我覺得有如下幾方面的提高：

〔註8〕此處共用英文填寫了四位作者，最後一位字跡難辨認。

（一）回國以前，只抽象地理解了共產黨的領導是對的正確的，既然有共產黨領導，人民就應該跟隨，好像這跟隨是被動的，被拉著走的。回來以後，才深切感覺到群眾的自發自覺的力量。原來群眾一旦得到了主動力，就像大機器的輪子一旦轉動了起來，它就會推動自己的各部分轉動起來。可以這麼大膽地說：好多事情，全是在群眾理解了黨的原則以後，自己推動自己做出來的，而領導人物也在其中捲進來跟著群眾學習和進展了。從這種性質的社會運行中，我才理解到我們民主精神的真諦，和黨的正確的領導的真諦。

（二）回國以前，知道「人吃人」的社會制度被打倒了，人再也不壓迫人，歧視人，彼此的羈絆都解除了。但是否人就按照「你不管我，我不管你」的個人主義態度活下去呢？回國以後，才發見原來人在被解放以後，並不就停在那裡，而是要積極爭取人的友愛和溫暖。如果有所謂永恆人性的話，這爭取友愛的心才是正確人性的表現。我們的社會已成了一個非常融和親愛的大家庭。在這裡，如果你還保持個人主義（這在以前我認為是文藝復興與「解放人性」的正確人生觀），那便完全暴露了你的僵硬和殘暴的本質。由此我認識了，只有集體主義的人，才是「人性」的真正的表現。集體主義的好處，只能從我回國後的切身感受中獲知。這一點也證明了光是念死書，是獲得不了很多知識的。

（三）看到和接觸到一些人，對於他們的沉著踏實和不憚煩的工作和求知的態度，令我異常欽佩。這是在我們新社會中普遍建立起來的工作態度，是以前和國外所看不到的。我深切地感覺自己應該向他們學習。

這份材料有多處文字下劃有紅色波浪線，除了上述材料明確標出的外，之前「有那些進步的社會關係」部分，李廣田及相關說明信息（雲南大學副校長，共產黨員，朋友）下劃有紅線，「有那些反動的社會關係」部分，查良鑑、查良釗、杜聿明、羅又倫這四人名字下均劃有紅線，「國內外詳細學歷及經歷」部分，也多處劃有紅線。看起來，所劃記的都是比較重要的信息，應是出自材料審閱者之手。〔註9〕

〔註9〕抄件上未見類似的紅色波浪線，但在穆旦所填寫的其他材料上，如本篇稍後

與妻子材料的對照

　　回國僅僅一個來月的穆旦，似乎已經比較熟諳新中國的話語方式。這種非此即彼、二元對立的話語方式，在穆旦日後的諸多登記表、交待材料中更是反覆出現。今日讀者在面對這樣的材料時，往往會有該如何認識的疑惑。

　　綜合比照，就某些方面而言，材料中的表述還是有其現實依據的。穆旦在美國時期的思想狀況，日後在妻子周與良的回憶材料中有較多描述——

> 當我在辦理回祖國的手續時，許多好心的朋友勸我們：何必如此匆忙！你們夫妻二人都在美國，最好等一等，看一看，不是更好嗎？當時芝加哥大學研究生院萃集了許多中國優秀的人才，如學物理的李政道、楊振寧等人，學文科的如鄒讜、盧懿莊等，都是我們的好朋友。學理科的同學主要顧慮國內的實驗條件不夠好，怕無法繼續工作；學文科的同學更是顧慮重重。因此，許多同學都持觀望態度。當時良錚經常和同學們爭辯，發表一些熱情洋溢的談話，以至有些中國同學悄悄地問我，他是否共產黨員。我說他什麼也不是，只是熱愛祖國，熱愛人民，在抗戰時期他親身經歷過、親眼看到過中國勞苦大眾的艱難生活。〔註10〕

　　穆旦所謂「在美時和中國同學談話，常常為了辯護及解釋祖國一切合理的設施，爭辯得面紅耳赤」，和妻子回憶中的「經常和同學們爭辯」一節，大致上應是相通的。而妻子提到的「觀望」的說法，穆旦因親身經歷舊中國「勞苦大眾的艱難生活」而「熱愛祖國，熱愛人民」的說法，以及穆旦本人所謂從國內來信受到鼓舞的說法，亦可見於比穆旦夫婦稍早回國、曾在南開共事的巫寧坤後來的回憶錄。〔註11〕同時，鑒於「回國」事實上是穆旦後半生具有轉折意味的行動，也有理由相信他對於新中國的認識——「她嶄新的光明的面貌使我歡快地激動」——在總體上亦是有其心理依據的。至於那些漫衍開來的「思想認識」，在《穆旦年譜》中，我曾經結合穆旦所填寫的《我的歷史

提及的《高等學校教師調查表》（中央人民政府教育部制定，1953 年 6 月填寫）也有類似的紅色劃痕。

〔註10〕周與良：《懷念良錚》，杜運燮等編：《一個民族已經起來》，南京：江蘇人民出版社，1987 年，第 131～32 頁。

〔註11〕除了一些類似細節外，巫寧坤還寫到：「和大多數中國同學一樣，我是在國難和內戰的陰影下成長的，渴望出現一個繁榮富強的中國。」見《一滴淚》，臺北：遠景出版事業有限公司，2002 年，第 10～12 頁。

問題的交代》（1956 年 4 月 22 日）中的一個細節給出過說法：

　　　　且不說文字中為自己所作的諸種曲意辯護，說一說當時所遺留下來的一個細節：在交代出國前的思想狀況時，穆旦寫下了這樣的對時局的認識：「我原已準備迎接解放，因為當時我認識到，共產黨來了之後，中國會很快富強起來，我個人應該為百分之八九十的人民高興，他們翻了身，個人所感到的不自由（文化上，思想上）算不了什麼，可以犧牲。」這段文字旁有四個字的批語：「純粹扯淡！」在我看來，它以一種粗鄙而又地道的語言涵括了那些深諳政治文化奧秘的審閱交代材料者對於穆旦的「思想認識」的基本看法。因此，在運用這類檔案材料時，筆者儘量只選取其中的事件線索，而剔去那些枝枝蔓蔓的「思想認識」。當然，即便沒有「純粹扯淡」一類批語，相信今天的讀者對於此類材料自會有明晰的判斷，不致迷失。〔註 12〕

　　同時，先前未看到穆旦妻子周與良的同期材料，無法採信。現在看來，周與良所填寫的相關表格亦是一種參照。比如，1953 年 1 月 15 日所填《回國留學生登記表》的「國外重要社會關係」一欄，同樣也出現了陳時侃（「設法準備返國」）。《回國留學生分配工作登記表》（回字第 939 號）的「國內外社會關係」一欄，僅填有「進步的社會關係」，「反動的社會關係」一欄為空白。其他的部分內容是：

回國經歷情形？

　　　　自 1952 年 3 月即開始辦理回國手續〔註 13〕，但美方移民局已有不准理工科的中國留學生回國的規定，故而自三月畢業後即向東南亞各國謀教書工作。寫了很多求職信，只有印度德里大學回信說有個職位可以考慮，但後又因路費問題而未成功。後來沒有辦法只好冒險向移民局申請，並且經過多方面的探詢，得以認識一位猶太律師，他是和芝城移民局人非常熟悉的，因此便請求這位律師幫助，並且要了學校的成績單和很費力才得到的主任教授的一封信，向移

〔註 12〕 易彬：《穆旦年譜》，北京：中國社會科學出版社，2010 年，第 4 頁。
〔註 13〕 周與良後來在回憶中說：回國申請 1950 年就已開始辦理，但美國移民局一直到 1952 年才批准，見周與良：《永恆的思念》，杜運燮等編：《豐富和豐富的痛苦》，北京：北京師範大學出版社，1997 年，第 156～157 頁。

民局解釋我的所學是沒有實際用途，在美國也找不到適當工作的，經過這幾方面的努力，總算得到移民局的離境許可；但香港不發過境證，必須要等卅人的團體過境證，因此又由十月初等到十二月廿號才能成行。

在國外對新中國的認識及回國動機？

在國外對新中國的認識

（一）從國內親友們寄去的信，書報和雜誌上，知道新中國的一切都走向合理和繁榮，以前那種人吃人的社會被打倒了，而代以自由和平等的社會制度。

（二）不過對於聽到的開會太多一事，不甚瞭解。學習會上不知學習些什麼，對於科學研究工作，不知是否有妨礙，又考慮到自己在開會時無話可說。

回國動機

（一）自己是中國人，本來在出國前就想學成回國的。

（二）更加看到祖國在革命後一切都走向合理和繁榮，更願意為國家為人民服務，為建設新中國而努力。

（三）在美時見到白種人歧視和迫害中國人和一切有色人種的現象，深加痛恨，從而更加強了自己對於祖國的熱愛。

你在回國後有何感想？

（一）入深圳後，立刻感覺到工作人員的態度和藹可親和認真，後來到了別的城市也有同感。

（二）在各方面見到的人們，無論是老人，家庭婦女和小孩，無論是那一種工作崗位的人都有很高的政治認識和興趣，並且都有向上學習的熱忱，這是和以前的情形大不相同的。

（三）對於祖國的建設進展，雖然尚未有機會親眼見到，但僅自傳聞和報章已得到了深刻的印象。

比照穆旦所填寫的內容，「回國經歷情形」版塊在細節敘述上略有出入，語言也更簡潔，但大體上還是相同的。「在國外對新中國的認識及回國動機」「你在回國後有何感想」兩大版塊，一些細節表述有其相通之處，看得出，兩人在填寫材料時應是有過溝通、協商，但總體上卻又可謂差別非常之明顯。

理工科出生的周與良博士文字簡潔，沒有枝枝蔓蔓的「思想認識」，似乎可以說，她顯然還不熟悉新中國在思想認識表述方面的語體風格，也並未決心將自己交出去——實際上，關於「開會」（「學習會」）的一段，所暴露的正是對於未來的某種隱憂。

「我在答應此事時心中有矛盾」

表格已經填寫了不少，工作卻是還沒有著落。新的材料繼續提供了一些細節。

1953 年 2 月 21 日穆旦夫婦所填寫的分配工作登記表上，「工作志願」一欄，均只填有地區，而沒有具體的單位意向：穆旦填的是北京、華北區；周與良填的是華北區綜合性大學、北京科學院。看起來，新中國的首都北京（而不是南開大學）是其工作的首選。

「今後的職業問題」如何決定呢？妻子周與良日後的回憶並沒有敘及當初抉擇的情形。當時在北京新華社工作、曾被穆旦列入「進步的社會關係」的梁再冰，稍後在一份檢舉材料的說明或可參考：穆旦在北京等待工作期間，和她、杜運燮、江瑞熙等友人就此有過商量——

> 在談到他今後的職葉問題時，向我們表示，他不願到學校去教
> 書，或作機關工作，只想作一個「個人」職葉〔註14〕文學翻譯，翻
> 點東西拿稿費。同時，我們知道，他在美國時把俄文學得很好。當
> 時我們都反對他搞「個人」翻譯，勸他到學校教書，以便更快地改
> 造自己。〔註15〕

若是，那就正如前述幾份表格的「工作志願」所填寫的「文學研究工作或綜合性大學內的教書工作」，兩項內容之中穆旦原本是更傾向於前者。但實際上，如朋友們所勸誡的，「『個人』翻譯」已不合時宜，「改造自己」要緊；而且，文學研究工作看起來也不好找。穆旦本人稍後在交待材料中也曾敘及抵達北京之後的情形——

> 到北京後即向高教部報到，結果派我到南開大學英文系。我在
> 答應此事時心中有矛盾。自覺寫作和研究最適合自己，而教書，過

〔註14〕本段兩處「職葉」當作「職業」。
〔註15〕據南開大學檔案館所藏查良錚檔案之《關於我所瞭解的查良錚的一部分歷史情況以及查良錚和杜運燮解放後來往的情況》（梁再冰，1955 年 11 月 26 日）。

去十多年前教過，頗為不佳，現在口才及能力是否勝任，毫無把握。但不教書似又無他項工作，而且南開大學又可和愛人一起工作，因此便答應了。〔註16〕

新見材料中，有1953年3月6日，中央人民政府高等教育部致中央人事部的函件一封，看起來，其時穆旦夫婦已經決定同去南開任教了——

事由：請調新從美國歸國之留學生查良錚與周與良去南開大學任教

發往機關：中央人事部

發文日期：一九五三年三月六日

函文：

中央人民政府人事部：

茲接南開大學二月二十一日（53）津南字第一四一號來文略稱：該校外國語文系英文組及生物系植物組均需增聘教師一名，尤以「植物病理」一課一直無人擔任。近悉新從美國留學歸來之查良錚與周與良二人能分擔以上兩門課程，請予洽調。等語。特轉請你部考慮調給，並希見覆。

新見材料中，還有1953年4月6日，關於穆旦夫婦的《回國留學生分配工作意見簽》（編號分別為133、132號）。這並非由穆旦夫婦本人所寫，而是由中央人民政府人事部第三局簽發的材料。其中，關於查良錚（穆旦）的處理意見有三條：

（一）1940.7.西南聯合大學（原清華大學）外文系畢業。畢業後曾在昆明西南聯合大學外文系任助教一年半……（說明：以下為具體經歷，從略）

（二）查的家庭關係較簡單，但社會關係很複雜，認識一些政府負責人及教授，如楊剛、袁水拍、周叔弢、李廣田等，亦認識一些極反動的偽國民黨匪幫，如其堂兄查良鑑（國民黨員），臺灣蔣匪司法行政部次長，堂兄查良釗（國民黨員），在印度德里大學教書；杜聿明（國民黨員），反動軍人，已被俘，查曾在他部下做英文編輯；羅又倫（國民黨員），現在臺灣，查曾任其個人教師達二年之久。

（三）中央高等教育部來文調查良錚及周與良去天津南開大學

〔註16〕據南開大學檔案館館藏查良錚檔案之《歷史思想自傳》（1955年10月）。

任教。本人亦同意去該校任教。當否，請示。

關於周與良的分配工作意見簽的「處理意見」部分亦是三條，行文也是個人經歷、家庭及社會關係、工作單位去向。兩份材料的審核人均為董××，其在穆旦材料上簽有：「此人關係經歷複雜，任教較為妥當」；在周與良的材料上則簽有：「此人係幹部子女，雖其愛人關係經歷複雜，任教尚可。」局長批示欄，則僅有簽名和日期：「宋誠 4.17」。

中央人民政府人事部的人員所簽發的處理意見，自然是基於穆旦夫婦本人所填寫的材料。在 1953 年初這個時間節點上，日後盛行的組織審查、群眾大會或個人檢舉的情形尚未出現。「進步的」或者「反動的」社會關係的界定與落實，首先源自本人的交待。以此來看，回國之初穆旦所填寫的這些材料，除了前述某種現實心態的印證外，也顯示了他對於新中國、新社會的單純看法：如實交待「歷史問題」，積極交出自己。當然，後續歷史事件充分表明，作為一種流行的政治意識，「社會關係」對於個人的影響顯然是非常深遠的，即便是家庭成員，也會陷入「不公正的」態度之中。〔註 17〕

大抵是因為人事部相關領導未及時簽署意見，穆旦夫婦的工作一時之間無法落實。新見材料中，還有 1953 年 4 月穆旦夫婦與人事部相關人士的往來函件。4 月 14 日，查良錚、周與良夫婦致函人事部的「存德同志」，信函中文為：

> 約於兩星期前我們曾寄部一函，告知我們經考慮後已做的決定，請部中寄我們對南開大學的介紹工作函一封，惟迄今未得答覆。不知是否該信遺失，或有其他緣故，因特再函詢問，請予告知為感。

「存德同志」即上述關於穆旦夫婦的《回國留學生分配工作意見簽》的主辦人佟存德。4 月 18 日，佟存德撰稿，並於 4 月 22 日，由中央人民政府人事部第三局二科簽發文件（發文　乙字　2516 號）：

〔註 17〕周與良的大哥、著名的歷史學家周一良在穆旦逝世很多年之後曾有回憶：「我們家大多數人對他過去的情況都不夠瞭解，因此他每次到我們家來，當大家（兄弟姐妹十人中有六個黨員，兩個民主黨派）歡聚在父母身邊，與高采烈，高談闊論時，他常常是向隅而坐，落落寡歡。許多年中，我去天津，記得只上他家去過一次。現在回想起來，那時我們對他的態度是非常不公正的，感到非常內疚。」見周一良：《鑽石婚雜憶》，北京：生活・讀書・新知三聯書店，2002 年，第 126 頁。

收文機關：周與良、查良錚同志

事由：函告已同意他倆去南開大學任教

函文：

關於你倆去南開大學任教事，已經批准。將我部的介紹信已送中央高教育部，並已由中央高等教育部轉南開大學，南開大學接此信後，即可通知你們上班。特此函覆。

此致

敬禮！

中央人事部　三局（公章）

四月廿二日

其實，在穆旦夫婦以私人名義向中央人民政府人事部的工作人員詢問情況的前後，南開大學與中央相關部門也在就穆旦夫婦工作事宜進行協商。查南開大學相關檔案，4 月 10 日，南開大學收到高教部學校人事司函（高人發446 號），內容為介紹查良錚、周與良到校工作，並附工作登記表 2 份。22 日，人事科有記錄：「材料轉來，本人尚未到校，擬通知本人即來校工作。」23日，學校批示：「通知本人到校並通知外文與生物系速與本人安排工作。」25 日，學校致函穆旦、周與良夫婦，對兩人的到來「至表歡迎，並已預為安排住處，特函奉達。讓我們攜起手來共同為祖國的教育建設事業而奮鬥。」

1953 年 5 月中旬，穆旦夫婦正式到南開大學工作，穆旦在外文系英文組任教，周與良被分配到生物系微生物教研室。之後的故事則是讀者比較熟悉的了，穆旦在南開過得頗不順心：1954 年即捲入「外文系事件」；1955 年在南開大學的肅反運動中，當年參加中國遠征軍的問題重新被提出，成為肅反對象；1958 年被定為歷史反革命分子，並被判處管制，逐出講堂，到南開大學圖書館監督勞動……

實際上，並不用說更遠時候的遭遇，就在 1953 年暑期，穆旦即曾因自覺「實在無教書才能」而感到「情緒消沉」──

1953 年 5 月中到南大，這是我參加革命工作的開始。但上課一二次，即對自己的教書能力異常灰心，無英文口才。一星期後改換課程，為重點課，又無教學法，更無法應付。一月後即暑假，決意辭去教書職，屢與系領導表示，未獲准。領導責備我不努力，我則認為領導不理解我實在無教書才能，因此情緒消沉。在美國時的一

腔熱情，回國後反而低落了。〔註18〕

餘論　「精讀過俄國文學」

　　按照穆旦本人的交待，從 1953 年 1 月回國到該年暑假，不過短短幾個月，原本「一腔熱情」的他卻可謂經歷了從積極投合到矛盾猶豫再到「情緒消沉」的過程。這番自述的可信度有多高，自是一個問題。穆旦的實際教學情況如何呢？友人回憶中有穆旦和學生交流不暢的記載〔註19〕，妻子周與良回憶裏說的卻是穆旦「課教的好」，「受學生歡迎」。〔註20〕對此，一般讀者顯然也是難以準確辨明。不過另一點可以確認的是，自從 1953 年底出版第一部譯著到 1958 年被打成「歷史反革命分子」止，穆旦共約出版了譯著 25 種（包括出版改制之後新印的），「查良錚」的譯名給新中國讀者留下了深刻的印象。

　　從翻譯的角度再回看這批新見材料，也還會有些細節可資進一步追索。比如說，有一個事實基本上未曾觸及，那就是「俄文」。在目前所見的穆旦回國之初所填寫的第一份表格《回國留學生登記表》（1953 年 1 月 16 日）中，「專長學科」部分最末一項填的是「俄文」。及到 2 月 21 日所填寫的《回國留學生登記表》《回國留學生分配工作登記表》的「專長」一欄，最末一項略有補充，填的是「俄文及文學」——後者的學習經歷部分，在芝加哥大學階段亦有「俄文及俄國文學」的內容。但在 4 月 6 日中央人民政府人事部第三局簽發的《回國留學生分配工作意見簽》之中，關於查良錚（穆旦）的處理意見之中，「所學科目」僅有「英詩，戲劇和小說創作方法」，「俄文」並沒有抄錄在列。以此來看，大致上可以說，回國之初的穆旦，並未將「俄文」置於更高的價值等級——看起來更像是附著於英文之後的一種點綴。而在官方的辦事人員眼中，懂「俄文」似乎也並非一項特別的才能，思想問題（「關係經歷複雜」）才是最緊要的。

　　但是到了 1953 年 6 月，在穆旦所填寫的「高等學校教師調查表」（由中央人民政府教育部制定，且需報送教育部一份）之中，卻是有了非常重要的轉變，「俄文」頻頻出現——「俄文」被提到更醒目的位置，甚至有翻譯俄語文學理論教材方面的信息：

〔註18〕據南開大學檔案館館藏查良錚檔案之《歷史思想自傳》（1955 年 10 月）。

〔註19〕周良沛：《穆旦漫議》，《文藝理論與批評》，2001 年第 1 期。

〔註20〕周與良觀點，見李方：《穆旦（查良錚）年譜》，《穆旦詩文集·2》（第 3 版），第 399 頁。

何種專長與技能：十餘年前在大學讀書時，即專學俄文兩年。因此，除英國文學外，亦精讀過俄國文學。在國外時並以一年餘在學時間攻讀蘇聯文學理論，等。

通曉何種外國文字，能否筆譯……：英文及俄文，可自由閱讀文學作品。英文有翻譯能力（中譯英）。中文——有創作經驗，曾出詩集數種，亦曾翻譯。（俄文英文翻成中文）。

曾從事何種研究工作，曾有何種著作、譯述：……蘇聯季摩菲耶夫教授所著大學文學理論教本《文學原理》，在譯出中，即由上海平明出版社印出。按：本書已印出。

現從事何種研究工作？今後擬研究什麼？對今後工作的志願？：擬從事文學研究及介紹工作，其方面如下：（一）介紹俄國文學（二）研究英國美國文學，用馬列主義觀點予以重新譯定。（三）廣泛的文學理論問題。〔註21〕

儘管穆旦妻子周與良的回憶早就指出，回國之初途經上海時，穆旦曾與早年好友、巴金夫人蕭珊談到學習俄文及翻譯俄國文學作品的打算，得到了蕭珊的積極鼓勵〔註22〕；到達北京後，在教育部招待所學習並等待分配工作時，「基本上住在北京家中，日以繼夜翻譯季摩菲耶夫著的《文學原理》」〔註23〕；但是，將這些行為置於上述穆旦回國之初的總體背景之下，也是別有效應：一方面，翻譯之於穆旦所具有的獨特的精神效應正在初步顯現，它陪伴穆旦度過了回國之初的矛盾猶豫乃至「情緒消沉」的時刻——在日後情勢更為殘酷、嚴峻的歲月裏，翻譯也始終是穆旦的精神陪伴。另一方面，它能更清晰地見出穆旦在比較短的時間之內精神世界的轉變——亦或可稱之為某種決斷，即確立了翻譯之於其工作乃至生命的意義。此後穆旦積極工作，大量譯著的順利出版，自然得力於在平明出版社等出版機構任職的巴金、蕭珊等人的大力幫助，也表明穆旦的熱情並沒有虛擲，新的體制正在不斷構建途中的「新中國」以一種積極的姿態接納了他。〔註24〕於此，穆

〔註21〕說明：本處幾處省略號為本文作者所加，為省去若干不直接相關的文字。

〔註22〕周與良：《懷念良錚》，杜運燮等編：《一個民族已經起來》，南京：江蘇人民出版社，1987年，第132頁。

〔註23〕周與良：《永恆思念》，杜運燮等編：《豐富和豐富的痛苦》，北京：北京師範大學出版社，1997年，第157頁。

〔註24〕易彬：《穆旦評傳》，南京：南京大學出版社，2012年，第299頁。

旦對於「新中國」的感受——「她嶄新的光明的面貌使我歡快地激動」，也可謂是有了非常切實的內涵。

「自己的歷史問題在重新審查中」
——坊間新見穆旦交待材料
（1966～1973）評述

　　對現當代作家的研究而言，檔案材料往往有著獨特的效應，但它的獲取卻始終是一大難題。此前，在寫作《穆旦年譜》時，我是盡可能窮盡地利用穆旦生前任職單位的檔案館所藏的一批檔案材料，且以為這類材料只見於檔案館一類機構，未曾料到先是 2015～2016 年間，坊間出現了兩批穆旦及夫人周與良留學歸來之初的材料，它們與原有檔案略有重疊，更多的則是新見材料（見前一篇的討論）。近期又有多批次、更大量的此類材料流出。大致說來，以交待材料為多，包括個人交待材料和外調類材料，亦有少量的相關部門或人士所寫的材料。從各材料的寫作時間來看，此前所披露的兩類材料時間跨度為 1953 年年初至 1965 年年底，而本文所披露的材料，雖然絕大部分都是 1968～1969 這兩年間的，但總的時間跨度為 1966 年 1 月至 1973 年間，兩者在時間上也可說是前後銜接，正可謂全新的材料。

　　1968 年 12 月 8 日，穆旦在日記中寫到：「這一週多，外調較多。自己的歷史問題在重新審查中。對這件事，我所抱的態度是，坦白從寬，抗拒從嚴，盡自己所知的一切，向黨向人們交待。過去已犯的罪，有多少就交待多少，不誇大也不縮小。」[註1] 這裡所謂「自己的歷史問題在重新審查中」，正可涵蓋此一階段穆旦的境況。「歷史」的「重新審查」，既會涉及一些新的

〔註1〕穆旦：《穆旦詩文集·2》（第 3 版），第 288 頁。

人物和事實，可供新的作家年譜採信；而各色思想總結、檢討，即如當時日記裏較多涉及的關於「坦白從寬」和「抗拒從嚴」的自我辯解，直接外化了「審查」的效應，這些也值得深入的估量。

個人交待材料

　　新見穆旦個人交待材料有 10 種，其中，完整披露的有 8 種：

　　　　1966 年 1 月，《學習主席思想，加緊改造自己》，12 頁。

　　　　1968 年 5 月 1 日，《思想檢查》，3 頁。

　　　　1968 年 5 月 27 日，《最近的學習和勞動感想》，1 頁。

　　　　1968 年 10 月 2 日，《我的罪行交待》，8 頁。

　　　　1968 年 10 月 9 日，《交待問題》，1 頁。

　　　　1968 年 10 月 10 日，《思想小結》，僅見第 1 頁，未見全件。

　　　　1969 年 1 月，《清算我的「民主個人主義」教育及其餘毒徹底改造世界觀》，12 頁。

　　　　1969 年 3 月 29 日，《全面交待我的罪行》，5 頁。

　　　　1971 年 12 月，《一年總結》，僅見第 1 頁，未見全件。

　　　　1973 年 7 月 20 日，《外語人員調查表》，2 頁（正反兩面）

　　這些材料中，《外語人員調查表》是由天津市有關部門下發的正式表格，主要欄目為個人基本情況、語種及翻譯能力、簡歷等。實際填寫的內容很簡略，基本沒有思想檢討的內容。其中如「本人參加過何種反動黨、團、軍隊及反動會道門、是否已結論」版塊，填有「參加過偽入緬遠征軍和偽 207 師，已做結論」。「受過何種獎勵和處分」版塊，填有「1959～61 受管制」。表格最後幾欄為「本單位領導的意見」「上級幹部部門意見」「市有關部門審查意見」，均為空白。

　　其他各材料所用的紙張，僅有少數為專門的材料用紙，多是普通白紙，也有一些為稿紙──部分稿紙上端印有主席語錄（「最高指示」），白紙上所寫材料也有幾種開篇即抄錄有語錄，如「世界上一切革命鬥爭都是為著奪取政權，鞏固政權。」「我們現在思想戰線上的一個重要任務，就是要開展對於修正主義的批判。」「最高指示清理階級隊伍，一是要抓緊，二是要注意政策。」「我們應該謙虛，謹慎，戒驕，戒躁，全心全意地為中國人民服務……」「我們一切工作幹部，不論職位高低，都是人民的勤務員，我們所

做的一切，都是為人民服務……」，等等。

根據 1968 年 9 月 30 日南開大學無產階級專政小組對於查良錚個人的審查意見（稍後仍將談及），本年 4 月 29 日，穆旦被「革命群眾」送到專政小組進行勞改，至 9 月 20 日，由宣傳隊接管。由此可知，寫於 1968 年 5 月初的《思想檢查》和 5 月底的《最近的學習和勞動感想》，也就是穆旦在此次勞改初期所作檢查。兩份材料的篇幅有限，看起來彼時的審查壓力尚不太大。

《思想檢查》是當天學習了「幾段最高指示」之後所寫的，這些指示「句句是真理，深深擊中了自己的心深處，因為自己過去的罪惡歷史，都可以在主席的光輝的思想照耀下看得清清楚楚，無一能逃開主席所指出的歷史發展規律。」材料談到「要認清階級鬥爭的大局」——「認清大局，選擇今後的道路，這對自己是最重要的事；對改造自己，這的確是關鍵問題」。《最近的學習和勞動感想》也是從改造說起，「對國民黨的殘渣餘孽，黨和革命人民是要把他們改造成為新人，以便不再為害社會主義。因為地富反壞右，就是劉鄧復辟資本主義的社會基礎，他們如不改造好，就是人民的絆腳石。自己認識到這一點，所以有迫切自我改造的要求。」接下來則是展現了由權威言論而「聯想」到自己的「罪行」的自我批判思路：「自己過去抱有嚴重的資產階級世界觀，具體表現為『向上爬』『成名成家』『享樂主義』等。最近學習姚文元『評陶鑄的兩本書』，正是批判了這種世界觀，對自己很有教育意義。因此我聯想到，為什麼自己要通過勞動來改造自己？這正是因為勞動（特別是體力勞動）是和自己的資產階級世界觀相對立的。」

這兩份材料的基本路數基本上都是對於思想問題的反覆追詰，而少有事實的陳述——前者雖然觸及新中國成立前「給國民黨反動派軍隊服務」、回國後的「外文系事件」〔註2〕等「事實」，但非常粗略。類似的處理方法，在篇幅更大、主題被明確標示出來的《學習主席思想，加緊改造自己》《清算我的「民主個人主義」教育及其餘毒徹底改造世界觀》之中也體現得非常明顯。

前者的主體部分分為三個方面，即從主席著作的學習中，「吸取了自覺改造自己的力量」「認識了自己犯錯誤的原因」「認識到必須改造自己的資產階

〔註2〕「外文系事件」是穆旦回國不久即遭遇的重要事件，這在本文所討論的相關交待中多有出現，詳細討論參見易彬：《穆旦與「外文系事件」風潮》，《新文學史料》，2012 年第 3 期。

級世界觀」。這材料是 1966 年 1 月——「新的一年」之際所寫，帶有新年發願的意味，即如結語所示：「對自己的改造當然應該一分為二地看：既有些微成績，也有很大的不足。自己決心在新的一年中，努力做到以主席思想掛帥，克服自己的非無產階級思想，跟上形勢的需要，做好工作，使自己的思想水平向前大大地推進一步。當前的國內外形勢和周身環境都很有利於自我改造，我相信在黨的關懷教育和同志們的幫助下，自己定能取得自我改造的迅速而徹底的勝利。」

後者是「在學習主席思想的高潮中，自己帶著這一問題，重新學習毛選第四卷的最終幾篇光輝著作『丟掉幻想，準備鬥爭』，『別了，司徒雷登』，至『唯心歷史觀的破產』」之後所寫的。材料指出，自己「正是主席著作中所指的大小的『新式的知識分子』之一」，「自己算不算民主個人主義者，雖然不太清楚（因為主席把這種人看做是和國民黨反動派有所區別的），但是從自己所受的教育和所熟悉的思想體系看，正是屬於舊民主主義和個人主義範疇，把自己的世界觀標上『民主個人主義者』的標籤，大約是很合適的。既然如此，主席的這幾篇著作對自己就有了針對性。」此材料即是「經過反覆學習和思索，通過深挖自己的思想根源」，「想比較全面地清除一下自己所受的民主個人主義的教育和思想餘毒，給自己的思想來一個大破大立，以加速自己的改造」——「把自己所接受的『民主個人主義』教育和世界觀，分列為五點，加以批判。」首先談的是「資產階級的『民主』之所以迷惑過我」的三個方面：「（一）迷信選舉制」，「（二）迷信民主是目的」，「（三）迷信個人對社會的抗議」；其次，「批判自己所受的個人主義教育的兩點影響」：「（四）迷信個人英雄主義」，「（五）迷信個人自由」。通篇寫下來，也是不斷檢討思想、深挖病根的寫法，而基本上全無「事實」的交待。

也有幾種材料如《我的罪行交待》《全面交待我的罪行》，是對於個人「罪行」的「全面交待」，其中包含了大量的「事實」。稍早的《我的罪行交待》先是概述了從出生到報名參加入緬甸的遠征軍的情形，然後分 11 段交待「職業和罪行事實」。差不多半年之後的《全面交待我的罪行》，先是抄錄了兩條「最高指示」——與上文提到的語錄不同的是，這裡明確涉及對於「反革命」的處理問題，其第一條為：「無論是裏通外國也好，搞什麼秘密反黨小集團的也好，只要把那一套統統倒出來，真正實事求是講出來，我們就歡迎，絕不採取不理他們的態度，更不採取殺頭的辦法。許多反革命都沒有殺。」材

料開頭則敘及背景：「參加 3‧28 落實政策大會後，在毛主席的英明偉大的無產階級政策感召下，自己做為一個對人民犯有許多嚴重罪行的人，感到必須全面澈底地交待自己的罪行，以求得人民的寬大。並在此一基礎上，爭取重新做人。」接下來，先是簡略談到家庭出生，然後分從 10 個方面「分別交待」「自己過去對黨對人民所犯的罪行」。

兩相比照，材料所交待「罪行」的起止時間略有差異：前者始於「在偽入緬遠征軍第五軍中作少校翻譯」時期，止於「回國後」；後者始於「在昆明西南聯大讀書時期」，止於「翻譯外國十九世紀浪漫詩歌」。所交待的「事實」重點也有著一定的差異，後者對於寫作於翻譯方面的情況以及回國後的「罪行」做了更多的交待——「1954 年的外文系事件」即單獨列出。這種差異，或可認為是顯示了穆旦對於「事實」的隱瞞，同時，也可能是基於不同的交待主題或現實動因，即如後者對於「外文系事件」的交待，或跟稍早時候——1969 年 2 月 7 日南開大學經濟系一位老師所寫的揭發材料有關，該材料寫在油印的專用「揭發材料表」上，稱「外文系事件」、「查良錚是否和巫寧坤等還有聯繫」等問題，「都是值得審查的」。

穆旦的這批材料較少或者不涉及個人寫作的情況，僅有《交待問題》一篇，通篇就是交待寫作和翻譯方面的情況，該材料篇幅不長，如下：

> 我從中學到大學，都是學的外國文學，喜愛的就是外國資產階級文學作品，深中其毒。解放前自己也學寫一些詩，出版過「穆旦詩集」，「旗」，（都在 1966 年交圖書館的革命組織）其中是一些令人難懂的詩，宣揚個人主義，神秘主義和頹廢思想。這些詩為極少數的人所欣賞，為廣大革命群眾所反對。在當時革命形勢下看來，我寫的那些詩只能瓦解革命鬥志，起著極壞的影響。解放後，（1954～57）自己又在翻譯工作上介紹了外國十九世紀所謂革命浪漫主義的詩歌，其中有俄國詩人普希金和英國詩人拜倫、雪萊等，他們的作品，仍然是資產階級作品，其中有濃厚的資產階級思想，我卻不能辨別出來加以批判，反而加以吹捧，1957 年就寫過一篇文章（「漫談歐根‧奧涅金」，登在「文藝學習」雜誌 1957 年）吹捧普希金。這樣介紹和翻譯外國文學，只能起了傳播資產階級思想的作用。1962～64 年我在工餘時間還有興趣翻譯些拜倫的詩（稿子已散失），這種盲目的工作使我看到，自己由於出身和教育是資產階

級的，一舉一動都會傳播資產階級思想，自己清楚認識到若不狠狠改造自己，總是要放毒的。過去自己是劉鄧復辟資本主義的社會基礎，這是一點也不假，上列事實可以說明。以後若不脫胎換骨地改造自己，若還是在傳播資產階級思想，那就是罪上加罪了，因此更感到徹底改造的必要。

縱觀穆旦的各類交待材料──包括此前所披露的材料，極少這般對於個人寫作和翻譯的評價。而詩集「都在 1966 年交圖書館的革命組織」之語，與其後代的回憶之間，也構成了某種有意味的對照。〔註3〕

除了上述材料之外，還可從 2018 年 11 月北京海王村拍賣有限責任公司發布的第 1218 號拍品信息獲知，有一批 1968 年至 1971 年間的穆旦手寫「思想小結」類材料，共 14 份 43 頁，展示出來的僅為 1968 年 10 月 10 日《思想小結》的第 1 頁和 1971 年 12 月所作《一年總結》的第 1 頁，至少在這裡，還有 40 餘頁材料可待考察。

《新報》相關的外調類材料

前文提到，1968 年 12 月 8 日，穆旦的日記中有「這一週多，外調較多。自己的歷史問題在重新審查中」之語。所謂「外調」，今日讀者當已是非常陌生。這是當時一個特定的政治術語，即外出調查，指的是在某一運動中，每個單位為了徹底查清本單位某些人員過去的政治歷史問題，通過各種線索（包括本人交待材料），專門派人分赴各地，向有關各當事人作進一步深入瞭解，以掌握更多情況，查清到底有沒有隱瞞的罪行。

從坊間新見的這批材料來看，從 1968 年 7 月 16 日的《關於劉蘭溪》到次年 4 月 16 日所作關於《新報》的材料，標題指嚮明晰，均屬穆旦接受其他單位前來外調時所寫的材料。稍早的，1968 年 7 月 7 日所作《交待材料》，實際上也是交待他人的情況，也可歸入此列。統合起來，總共計有 30 種。這些外調材料多蓋有手印，當是穆旦本人的。因為兩類外調材料所涉篇幅較大，這裡分而述之。

〔註3〕穆旦長子查英傳回憶中稱，自己小時候只是在爺爺家看到過詩集《旗》《穆旦詩集》，但一直到父親去世，也不知道「穆旦」這個筆名就是父親（據筆者與查英傳、查英傳的談話，2006 年 4 月 10～12 日）；但穆旦的外甥女劉慧認為，查英傳他們那個時候可能知道（據筆者與劉慧的談話，2006 年 4 月 14 日）。

新見關於《新報》的外調材料達到 18 種，數量實可謂不少：

　　1968 年 7 月 16 日，《關於劉蘭溪》，1 頁。

　　1968 年 10 月 28 日，《關於「新報」》，2 頁。

　　1968 年 12 月 10 日，《關於新報》，1 頁。

　　1968 年 12 月 23 日，《關於瀋陽新報》，1 頁。

　　1969 年 1 月 11 日，《關於張金剛》，1 頁。

　　1969 年 2 月 5 日，《關於褚世昌》，3 頁。

　　1969 年 2 月 5 日，《關於傅琴》，2 頁。

　　1969 年 2 月 8 日，《關於徐露放和新報（補充材料）》，1 頁。

　　1969 年 2 月 11 日，《關於陳達夫》，2 頁。

　　1969 年 2 月 16 日，《關於林開鑑》，1 頁。

　　1969 年 2 月 23 日，《關於王敬宇》，2 頁。

　　1969 年 3 月 7 日，《關於新報》，1 頁。

　　1969 年 3 月 10 日，《關於新報》，1 頁。

　　1969 年 3 月 22 日，《關於新報》，1 頁。

　　1969 年 3 月 24 日，《關於長春新報》，1 頁。

　　1969 年 3 月 26 日，《關於李德懷》，1 頁。

　　1969 年 4 月 12 日，《關於新報》，2 頁。（說明，此件內容是關於《新報》的，但未見標題，依前例，此處亦以《關於新報》名之）

　　1969 年 4 月 16 日，《關於裘海亭》，1 頁。

　　《新報》時期是穆旦生平經歷之中非常重要的一段，但由於缺乏資料，長期以來語焉不詳。這一難題，結合南開大學檔案館所藏檔案和當年的《新報》，在總體上已經解決。但從這 18 種新材料來看，新議題也不少。

　　從篇幅看，這批材料基本上都比較簡短，實際敘述也有大致的模式：一是介紹《新報》的情況，其中除了一般性的介紹外，還有是否有「特務組織或特務活動」等方面的內容；二是敘及與某某的交往情況，某某的政治情況，等等。前者往往有更大的篇幅，後者則往往比較簡略。不妨以目前所見第一篇此類材料為例來看：

關於劉蘭溪

查良錚　1968.7.16

我開始認識劉蘭溪是在瀋陽新報館。那時他做記者，我做總編輯。我記得他初寫新聞稿時，不很熟練，我曾給修改一個時期。對他的印象彷彿他是偽 207 師的復員青年軍士兵。現在經過談話，才知他是在偽 207 師軍報中工作過一段時間的。對他到新報以前，在207 師的活動自己是不知道的，是不認識他的。他在新報期間，彷彿他沒有軍銜，不拿軍隊的薪水。這是我憑印像這樣說的。因對他沒有個人交誼，瞭解不深，當時他是否確實如此，則不知道了。

我在新報 1947 年 9 月被查封後不久，即離開了瀋陽，去到北平。離沈後就再也沒有看到劉蘭溪，一至今日，也沒有再聽說過他。

我任新報總編輯時，不做夜工作，開始時還看看外勤記者的採訪稿，以後也不怎麼看了。夜晚的編輯工作，由編輯主任邵季平（他現在天津紅橋區製藥廠中教夜校），看最後的大樣由徐露放負責。我在報館中的工作，主要是組織社論，自己每日寫一篇二三百字的「日日談」，同時看讀者來信。在 1946～1947 年之間的冬季，自己曾被羅又倫（偽 207 師師長）調到撫順兩三個月，去教他英文。在這期間自己就不管報館的工作。

我在 207 師的職務是英文秘書（中校、上校），主要是教教羅又倫的英文。在新報期間，仍是 207 師的英文秘書，支上校薪水。我從未加入國民黨或三青團或任何特務組織；我不知新報館中有任何特務組織或特務活動。關於劉蘭溪被派到東大搞特務活動，自己是不知道的。

我最後一次看到徐露放，是在 1953 年初我從國外回來以後，當時知道了他在北京茶葉公司工作，便寫信給他到我家，談了一次。以後便和他沒有任何來往。

王先河我在偽 207 師中認識的。自己離開新報以後，和他便沒有任何來往，也不知他在何處。

劉蘭溪在報館當記者，是很有活動能力，很能採訪新聞的，這是我對他的印象，特作補充。

這裡記有「經過談話」，其他材料如《關於李德懷》中又有「經過看他的相片和考慮他交待的細節」之語，由此可知當時前來外調的一些情形，如談話、對方的交待材料和相關物證的呈示、談話之後所寫交待（外調）

材料等。

在這批材料中，一些人物和事實被反覆談到，《新報》的構成（分經理部、編輯部和印刷廠），穆旦本人的總編輯身份，董事長羅又倫，社長（或總經理）徐露放，主筆王先河，僅徐、王和自己屬於 207 師的編制，其他雇用人員都沒有軍銜和軍待遇。其他被較多提及的人物還有編輯部主任邵季平、經理朱叔和等。其間，還有幾個要點可單獨一說。

一是，關於所詢問的人物的政治活動、「是否反動黨團或特務組織的成員」以及《新報》內「有無反動黨團及其他組織的活動」等問題。看起來，這是《新報》外調中非常重要的一類話題，各材料均有涉及。縱覽之，不管是對於所調查的個人還是《新報》的反動活動，穆旦一開始均表示不知情，同時也表示自己並沒有參加，此類說法，上述材料中有，其他材料如《關於「新報」》中亦有：「我不知道。我當時未聽說過有此事。我自己沒有參加過任何反動黨團組織。」及至 1969 年 4 月 12 日的《關於新報》——在「通過多次外調」之後，終於交待出自己當時是被蒙蔽了：「新報內有無反動黨團及其他組織的活動，我當時不知道；現在通過多次外調，經人告我，才知道這種活動是有的。」

二是，關於羅又倫與《新報》的創辦、陳誠與《新報》的查封。羅、陳二人都是國民黨的高級將領，穆旦當年有過多年的軍隊生活，與羅又倫多有交道，在此前所披露的交待材料之中，但凡敘及《新報》，都會提及羅又倫，在談及《新報》被查封之時，也偶有提及陳誠。本文所涉及的材料，大體局勢也是如此，不過有一些細節不見聞於其他材料，比如《關於褚世昌》提到，「羅又倫曾到新報視察過一次」，「看過印刷廠，然後召集新報工作人員做了一個簡短的講話。」「陳誠約在 1947 年 8 月到瀋陽，到後不久，就對瀋陽新聞界作了一次講話，到會的共有二十多人，都是各報負責人，新報是由徐露放和我去的。」

關於羅又倫與《新報》的創辦，與此前相似，交待材料多次強調「新報不屬於 207 師的編制」（《關於新報》，1969 年 3 月 22 日）。而談及陳誠與《新報》的查封，觀點與此前則有所差異。《歷史思想自傳》（1955 年 10 月）如是交待：「約在 1947 年 8 月，陳誠到東北以後，《新報》被封閉，表面理由是《新報》言論『反動』，（民盟嫌疑），但我並未因此受到迫害，由此可見被封的真實原因是陳誠把《新報》看成杜聿明的勢力而予以排擠的結果。」我在《穆旦

評傳》的寫作中，將這一說法採信為《新報》被查封的幾種原因中的一種。〔註4〕而在《關於新報》（1969年3月22日）中，如是交待：「新報於1947年9月，在陳誠到東北後不久被查封，其理由是有『民盟嫌疑』。我理解陳誠是要一切軍報停刊，其他軍報是用自動停刊方式，而對新報則採用此方式使之停刊。」兩相比照，雖同有「民盟嫌疑」的說法，但「看成杜聿明的勢力而予以排擠的結果」與「要一切軍報停刊」，兩者還是有所差異的。

三是，關於《新報》的成員。根據1947年4月22日「《新報》週年紀念特刊」所載《一年來本報主要工作人員題名錄》，其中經理部包括總經理徐露放，經理朱叔和，總務李振鐸，發行成經遠、浦文顯，廣告周國鈞，出納伍翠娟，會計吳久選，庶務裘海亭、王振山、趙之漢、莊漢，工廠李同水、王樹豐；編輯部包括總編輯查良錚，主編邵季平，二版編輯徐維華，三版編輯王宜生，副刊編輯張紀元，記者劉蘭溪、鄺安庸、劉興武、汪命亥，資料陳祖文、金成鎧，電臺張仲英，校對張興。關於《新報》歷來少有研究，也沒有關於其成員的確切統計，但既是「主要工作人員」，也就並非《新報》成員的全部。

穆旦的交待材料是根據對方的外調需要所寫，自然不會全部提及上述人物，其中也有幾位未見於上述材料，如廖祖述、陳鰲、姜玉信等。而一些自稱在《新報》工作過的人物，如陳達夫、王敬宇、林開鑑、林宴明（見《關於林開鑑》）、高吉仁、劉耀華（《關於「新報」》，1968年10月28日）、孫躍庭（見《關於新報》，1968年12月10日）、趙義武（《關於新報》，1969年4月12日）等人，穆旦或表示「沒有任何印象」，或表示「完全不記得此人」。其理由有二，一是工作之故，「從未做夜晚編輯工作，和一般編輯人員從不接觸，故當時就不熟悉他們。」（見《關於林開鑑》；二是有過較長時間的外出，如《關於張金剛》所寫，「我在1946年冬季曾被調到撫順教羅又倫英文，約住了兩三月，以後又去天津買報紙，離瀋陽多日，平日在報館內不接觸下面工作人員，故有許多人都不熟悉。」〔註5〕

〔註4〕 易彬：《穆旦評傳》，南京：南京大學出版社，2012年，第205～209頁。
〔註5〕 我本人也接觸到一例：李德純也自稱是穆旦在《新報》時的同事，其在給《穆旦傳》作者陳伯良先生的信中寫到：「我同查良錚先生邂逅於1946年從錦州開往瀋陽的軍車上，其後又在他領導下編《新報》副刊，有所接觸，有所感」（據李德純致陳伯良的信，2005年3月12日；陳伯良致筆者的信，2007年7月5日）。《穆旦年譜》（中國社會科學出版社2010年版）出版之後，李德

有意味的是，在 1969 年 2 月 16 日所作《關於林開鑑》之中，穆旦表示「沒有任何印象，想不起這是什麼人」，但在一個星期之後，2 月 23 日所作《關於王敬宇》，在提及《新報》編輯時，又有「林開鑑（從北平招來，現在何處不詳，曾有外調）」之語——也是在這篇交待中，先前表示對於褚世昌「這個名字，使我想不起是誰，看他的相片也想不起來」（《關於褚世昌》，1969 年 2 月 5 日），這裡也赫然記作：「校對褚世昌（現在何處不詳，曾有外調）」。極短時間之內有這番變化，看起來頻密的外調已經改變了穆旦對於歷史（《新報》）的認知——亦或者，在頻密的《新報》外調之後，穆旦已經熟悉（適應）了外調的情勢與路數。

四是，關於長春《新報》。這方面此前少有材料。資料記載是 1946 年 11 月 1 日，《新報》在長春設立分社，出版四開小報。這裡有兩則外調材料提供了一些此前未曾見到的細節，如《新報》社長徐露放派李光堯籌辦新報分社，穆旦曾和徐露放到長春看過一次，等等。

總的來看，《新報》當年不過是一種存在時間較短的小報，日後也未見深入的研究，何以在 1968～1969 年間有關部門如此頻密地展開外調工作，內在原因，還有待進一步的探究。而從另一個角度來看，小如《新報》尚且有如此之多的外調材料，可見當時外調工作之頻密、廣泛。

其他的外調材料

目前所見其他外調材料也有 14 種之多，時間多集中在 1968 年 11 月下旬到次年 4 月初：

　　1965 年 12 月 16 日，《關於楊淑嘉，高志達，于啟忠，董庶，查良釗等人》，4 頁。

　　1968 年 7 月 7 日，《交待材料》，2 頁。

　　1968 年 11 月 21 日，《關於何國柱和我》，2 頁。

　　1968 年 12 月 6 日，《關於查良釗》，1 頁。

　　1968 年 12 月 7 日，《關於何懷德》，1 頁。

　　1968 年 12 月 8 日，《關於何懷德》，1 頁。

　　1968 年 12 月 28 日，《關於方應陽》，1 頁。

　　1969 年 1 月 31 日，《關於李振江》，2 頁。

純先生亦曾致電筆者，簡要地說明了當時的情況。

1969 年 1 月 31 日，《交待材料（楊嘉）》，1 頁。

1969 年 2 月 1 日，《關於一張相片的交待》，2 頁。

1969 年 2 月 7 日，《關於陳曼宜》，5 頁。

1969 年 2 月 9 日，《關於周玨良》，3 頁。

1969 年 3 月 29 日，《關於王正憲》，1 頁。

1969 年 4 月 8 日，《關於董言聲》，1 頁。

這批材料所涉及的人物，多半可見諸穆旦本人此前所填寫的履歷表一類材料中，或在敘述文字中提及，或列入相關的社會關係，不過，這些單獨成篇的文字還是更多細節事實，可以進一步豐富穆旦的交遊譜系。這些細節不見聞於他處，這裡擇要述之，並結合其他材料，略作說明：

（1）《關於楊淑嘉，高志達，于啟忠，董庶，查良釗等人》是關於昆明師範學院的外調材料，除了標題所提及的人物外，還有查瑞傳、梅貽寶等人。關於楊淑嘉表示「從未認識過」。其他各位，高志達、董庶為中學同學，查良釗、查瑞傳父子為親戚，高志達、于啟忠、梅貽寶（梅貽琦的弟弟）在赴美留學的船上碰到。相關交往的交待均較簡略，對於各位所參加的政治活動，基本上均表示不知情，比如在談到梅貽寶時，雖有「他之赴美當然是逃出北平的」之語，但也表示「他不談政治，我不知他過去及當時有何政治活動或參加過什麼政治團體」。

（2）何國柱：留學美國時期的友人、南開大學同事。穆旦交待了四個時間點的交往情形：約在 1951 年冬相識，「由於他和我都是想回國的，所以比較接近，有時互相往來」；「大概是在 1956 年」何國柱回國來到南開大學後，「曾和他打過三兩次撲克牌，以後便不再來往」；「約在 1963 或 1964 年，有舊日在美國認識的劉有誠（在蘭州大學化學系）來天津出差，約我在何國柱家相見，我去了一次。當時還有何炳琳、劉麗生在座。」「1967 年底，我校發生武鬥後幾日，何國柱愛人由於我家在武鬥區，約我們去他家躲避，我去住過一夜。又過了幾日，又住了一夜。在文化大革命中，和他的來往就是如此。」

據前三個時間點的信息，交往似不算多，但從第四個時間點的交往來看，兩人應該有一定的私交。

（3）查良釗：堂兄（同一曾祖）。穆旦稱，自己在聯大作學生和留校做助教期間，「有時去看望他」。「我的印象是他做了許多這種事務性工作。至於

他幹了什麼其他工作，我是不知道的，因為他的事情，他從不對我講，我也沒有問過他。我知道他很早就參加國民黨，但不知他在國民黨中擔任什麼職務。」

（4）何懷德：中國航空公司同事、南京時期的友人。穆旦交待了1944年2月與何懷德同時進入偽中國航空公司、1948年在南京找工作的一些情況。其中提到兩個政治人物，農林部部長、「青年黨的頭目」左舜生和「一個偽付部長姓謝的」。「他對於這些小黨派都表示看不上，似乎說過他不想加入這些黨派的話。」

謝姓副部長即農林部政務次長謝澄平。其名字未見於穆旦的其他交待材料，也沒有材料載記穆旦與他的交往。檔案材料顯示，1948年5月13日，謝澄平致函中國救濟代表團（Chinese Relief Mission）團長 Donald S.Gilpatric 先生，推薦查良錚（穆旦）前去工作。這個材料前些年才被發現〔註6〕，如今在穆旦本人的敘述中也算是找到了一點線索。

還值得注意的是，在兩天之內，針對同一個人寫了兩份材料，兩者所描述的事實基本相同，但措辭略有差異。比如在提到何懷德如何進入農林部以及與左舜生的關係時，均表示「不清楚」，「似乎他和左舜生過去即認識」。對於「是否幫他辦過雜誌」這一問題，前一日的交待中表示「我記不清楚了」，後一日改稱「彷彿過去他幫他辦過雜誌，是否如此，我已記不甚清。」從「記不清楚了」到「已記不甚清」，其間的微妙差異，似是顯示了交待的威力，即很可能是基於進一步（第二日）的談話所做出了適當修正。

（5）方應陽：詩人，南京時期的友人。穆旦交待了1948年在南京與方應陽相識、同住（「在方應陽的宿舍中住了一個短時期」）和同事（「1948年12月在南京美國新聞處作編輯工作一個月」）的情形，以及「195幾年在北京的馬路上碰見一面，未談三句即別」的情形。南京時期，提到了楊靜如（楊苡）和他的哥哥楊憲益的幫助。也談到了對他的詩歌的看法：「我知道方應陽是寫詩的，也看過他的詩，總印象是他寫了些個人灰色情調的東西，偏於為藝術而藝術。」

方應陽即方應暘，詩人，有筆名方宇晨。據報導，方宇晨當時曾將中國

〔註6〕葉公平從南京中國第二歷史檔案館的南京國民政府農林部檔案之《左舜生致外國人函稿》（全宗號廿三，案卷號1432）中發現了這封英文信函，並進行了翻譯和釋讀，見《新發現的穆旦史料》，《中華讀書報》，2009年8月12日。

新詩譯成英文,在英國印行,其中選入穆旦詩歌 9 首。〔註7〕其名字亦可見於穆旦的其他自述材料,如《我的歷史問題的交代》(1956 年 4 月 22 日),亦可見於友人的回憶。〔註8〕以此來看,穆旦與方宇晨當時的交往算是比較多的。穆旦對其詩歌的看法,相比於之前的自我交待材料之中所謂發表「極力反對這一場革命戰爭」的詩歌,則要溫和得多──此材料亦可在總體上見出穆旦在交待過程中的基本情形:對於本人的檢討更為嚴厲,對於他人則要溫和得多,基本上多是事實的交待,而未見大段罪行的揭發或措辭嚴厲的定罪之辭。

(6)李振江,西南聯大時期相識的人士。材料稱,認識此人並不是他在西南聯大師範學院讀書期間,而是在 1941 年暑假,「和他沒有很多接觸,對他的印象是愛吹牛」。材料還談到「關於當時西南聯大師範學院的政治情況」和關於航空公司的航空檢查所的情況。

(7)陳曼宜:留學美國時期的友人(其舅父為吳納孫)、北京大學數學系教師。在這 14 份材料中,這一份篇幅最大,內容共分為五點。第一點是關於陳曼宜和她的丈夫李繼堯的情況,包括在芝加哥大學(「時有來往」,「因她和我都是想回祖國的,有共同的話題」,後偶有書信往來)、以及回國後的一些交往。第二點是關於吳納孫。吳是聯大外文系比自己低一班的同學,「曾和他住在宿舍的上下鋪」。材料談到 1943 年自己自印度回到昆明、1944 年在重慶、1950 年在芝加哥的交往情況。第三點是關於在芝加哥的最後一年多(1951～52),「美國老太婆 Stadley(斯泰得利)」的情況。此人「經常請中國學生到她住處去茶會」,「記得她的職務頭銜是『美國中西部中國學生安慰者』,我認為她就是監視中國學生的。」其中還較多敘及在芝大讀哲學的陳明(民)生,「是基督教徒,是 Stadley 的助手」。第四點是辦理回國手續的情形。第五點是關於陳曼宜入境的情況,「不知誰給她辦的入境手續」。此外,還有「補第三大題」,內容是在美期間與鄒讜、盧懿莊夫婦交往的情況。

關於第三點用了較大篇幅所提到的美國人 Stadley,《回國留學生分配工作登記表》(1953 年 2 月 21 日)和《歷史思想自傳》(1955 年 10 月)均有談到。第四點回國的情形,穆旦在多種交待材料之中都曾敘及,所敘都大同小

〔註7〕1948 年 5 月出版《詩創造》叢刊第 11 輯《燈市》,「詩人與書」欄目有消息報導,更多情形不詳。

〔註8〕楊苡回憶稱,1948 年 12 月 19 日,穆旦、方應暘和另三位友人在她家吃晚飯,參見易彬:《「他非常渴望安定的生活」──同學四人談穆旦》,《新詩評論》,2006 年第 2 輯。

異，即起初因為「當時美國移民局不准學理工的中國學生回國」而曾「寫信向東南亞等國家的學校找職業，想轉道回國，但未找到職業」；後託一位「和美國移民局的人較熟」的猶太律師幫忙，「並有周與良從教授得來的證明信（證明她所學的與國防無關）」，最終被准許回國。這與周與良後來回憶的情形不盡相同，周與良提到了去臺灣、印度以及美國南方的一些大學工作的可能性：「有朋友邀請我們去臺灣任教，良錚的二哥在印度，歡迎我們去印度工作，印度德里大學並聘請我們二人去任教」〔註9〕——在後來的回憶中，措辭有所改變，「良錚的二哥良釗為我們安排去印度德里大學教書」，而且還談到：「美國南部一些州的大學經常去芝大聘請教授，如果我們想去南方一些大學教書，很容易」。〔註10〕「歡迎」與「安排」，也還是有差異的。從目前的情形來看，學界所採信的多是周與良的回憶。若此，則可說明穆旦在交待時有意迴避了危險的海外關聯；反之，則是周與良有意凸顯了海外的因素——通過凸顯、比照，進而突出了穆旦當初一心回國的堅定信念。

（8）周玨良：中學和大學時期的同學、妻兄。內容分為四點：第一點是從中學、大學直到赴美留學之初的情況。第二點是從1953年初美國回來之後情況。第三點是對「周玨良1957年何時來津」這個問題，表示「想過多次，未想起來」。第四點是「解放後我發表文章和詩」：

> 談「買猴兒」（1955年文藝報）
>
> 漫談歐根·奧涅金（文藝學習，1957）
>
> 談普希金的「寄西伯利亞」（語文學習，1957）
>
> 論文學的分類（評三本文藝學）（文學研究1957）
>
> 詩刊1957·5月號有我署名「穆旦」的一首詩，以思想改造為內容。
>
> 人民文學1957·7月號有我幾首詩，署名「穆旦」，已忘篇名和內容，其中一首是三門峽水利工程
>
> 論翻譯詩的信（鄭州大學學報，約1964年）
>
> 九十九家爭鳴記，（人民日報1957約7月）

〔註9〕周與良：《懷念良錚》，杜運燮等編：《一個民族已經起來》，南京：江蘇人民出版社，1987年，第131頁。

〔註10〕周與良：《永恆的思念》，杜運燮等編：《豐富和豐富的痛苦》，北京：北京師範大學出版社，1997年，第156頁。

未發表的：

反右前曾寫有詩二十多篇，以後都撕了。記得有一篇「野草」，
一篇「社會主義頌」，一篇諷刺「公文旅行」，一篇「大街上」，其他
則記不起。

文章則寫有一篇論譯詩原則的。約寫在 1964 年。

在本文所述全部材料之中，僅這一篇較多地、明確地提到了 1955 年以來
的寫作情況。所提到的已發表詩文，有多處時間錯誤，1957 年 3 次發表詩歌
的情況均在列，但多半「已忘篇名和內容」，對於外國文學作品的譯介文字提
到幾種，但沒有提到一部譯著。這些狀況，雖有可議之處，比如是否有意遺
忘之類，進而引申出某種看法，但終究也只能是推測，本文均不深究。

更值得注意的是被撕掉而未發表的詩歌居然數量還不少，「有詩二十多
篇」！《全面交待我的罪行》之中也提到「未發表的詩，有一首『公文旅行
記』，是污蔑社會主義制度的。」「論譯詩原則」的文章，在本材料之前的段落
中也曾提到：「約 1963 或 64 年，我和鄭州大學一教師關於翻譯問題有討論，
因此以後寫了一篇有關翻譯詩的理論文章，曾給周珏良看，請他提意見，並
問他是否能找地方發表。（未發表）。」

是否確有「詩二十多篇」，看起來是一個懸案。從情理上推斷，穆旦從美
國留學回來，僅 1957 年發表過 3 次，總量不足 10 篇，更多的寫作完全是可
能的。友人楊苡的回憶也指出，當時穆旦在勞改之餘看著遠處鄉村的炊煙也
會寫下詩，給她的信中即抄錄有，但這些信件已經被毀。〔註11〕

不過，從其他交待材料所涉情形來看，此種交待的情形也很可能是一種
臆造。此前的交待材料，在敘及西南聯大時期的文學活動時多次提到，「曾
與愛好文學的同學組成文藝團體，先後計有青鳥社，高原社，南荒社」（見
《我的歷史問題的交代》1956 年 4 月 22 日）。後兩個社團都是有據可查，
但「青鳥社」卻不見於其他資料。在交待《新報》停刊之後在北平（京）居
留期間，「曾和袁可嘉，金隄等（皆當時北京大學助教）商量組織成立一文
藝團體『尋路人社』，擬以商務出版的『文學雜誌』為發表文章之處。只談
了兩三次，即不再有任何活動。」（《歷史思想自傳》，1955 年 10 月）在《文
學雜誌》發表作品確是事實，但文藝團體「尋路人社」卻是從未見於其他的

〔註11〕易彬：《「他非常渴望安定的生活」──同學四人談穆旦》，《新詩評論》，2006
年第 2 輯。

材料。

（9）王正憲，清華大學和聯大時期的同學。穆旦稱，在學校時期，對王正憲印象不深，畢業後也「沒有接觸」。「1952 年底，我在美國辦理回國手續，需要回國的入境許可，這時在美國的同學周華章（現在北京清華大學教書）告我，可以託王正憲辦理，因王在廣州。於是我便寫信給王正憲，請他代我聲請了入境許可寄往美國。王知我回國，也託我代他買了一架自動換片的留聲機。我回國後到廣州，和王正憲見過兩三次。他還領我去見過嶺南大學校長陳序經。以後，大約在 1960 年以後，他因公來津，曾由南大教授錢榮堃帶他到我家訪問，坐在我家談了十多分鐘。只是一種普通訪友的談話。我和王正憲素不通信」。隨後，還提到留美時期的友人李博高和周華章。

從目前所發現的材料來看，王正憲的名字是第一次出現——坊間也沒有關於穆旦與王正憲交往的載記，以此來看，若不是此次外調材料的存留，世人將無從獲知兩人交往的信息。

（10）董言聲：中學同學。穆旦稱，「我約在初中三年級時認識他的，在高中時成了很熟的朋友，常在一起看電影，吃飯。」「整個抗戰期間未和他見過面，但有時通信」；「1947 年底我離平津前，在天津見過他，那時和他去過舞會」。1953 年回國後，只在董「因公來津的時候」見見面，「在這十多年中大概有幾次」。

從這裡的交待來看，穆旦與董言聲交往並不多，看起來似可說是某種偽飾——幾年之後，兩人多有聯繫，現存 1976～1977 年間穆旦致董言聲的 8 封信，是穆旦晚年書信中最為動情的篇章。

其他的三份材料，《交待材料（楊嘉）》，此件標題何以有「（楊嘉）」字眼，暫不得其詳。內容主要談到兩點：第一點是 1940 年至 1947 年 10 月間的個人簡歷；第二點是關於查良釗的情況。《交待材料》所交待的是周與良的哥哥周艮良和他的叔伯兄弟周紹良的情況。《關於一張相片的交待》，所交待的是 1943 年的一張有美國軍人的照片情況。穆旦稱，這是「一張有個美國軍人和四個中國人（其中一個是我）在內的相片」。看起來，因為圖片中有「美國軍人」，對此有過反覆的回憶、交待——「三天前我根據回憶交待了一些情況，但不完全，這三天內又繼續追憶，並多方從相片內提供的線索，追憶出更多的情況」。

　　除了上述由穆旦本人所寫的材料外，坊間還有其他的一些相關材料，如
1968 年 12 月 24 日周有燮所寫、蓋有「北京市無線電工業學校革命委員會
外調專用章」的《關於查良錚的材料》，1968 年 7 月 21 日李賦寧所寫、蓋
有「首都工人中國人民解放軍駐北京大學毛澤東思想宣傳隊指揮部★組織
組」公章的揭發材料，1969 年 2 月 7 日南開大學經濟系魏塽所寫的揭發材
料（所用為油印的「揭發材料表」），大同水泥廠中學革命委員會根據查良錚
堂弟查良銳的交待、致南開大學革命委員會關於查良錚的函（時間不詳），
等等。凡此，涉及穆旦（查良錚）早年在西南聯大及與吳宓、查良釗、杜聿
明等人的情況，1954 年的南開大學「外文系事件」，1960～1965 年間「搞特
務活動」等等，或是一般性的事實指認，或是所掩蓋的罪行的揭發，或是帶
著比較強烈的反詰語氣的發問，本文均不再一一評述。

「查良錚平時不言不語，從不暴露自己的思想」

　　對於穆旦的交待材料，審查機構又是如何反應、有何意見呢？此前，穆
旦在《我的歷史問題的交代》（1956 年 4 月 22 日）中曾交待出國前思想狀況，
其中有句：「我原已準備迎接解放，因為當時我認識到，共產黨來了之後，中
國會很快富強起來，我個人應該為百分之八九十的人民高興，他們翻了身，
個人所感到的不自由（文化上，思想上）算不了什麼，可以犧牲。」審查者在
這段文字旁有四個字的批語：「純粹扯淡！」這可謂是「以一種粗鄙而又地道
的語言涵括了那些深諳政治文化奧秘的審閱交待材料者對於穆旦的『思想認
識』的基本看法。」〔註12〕

　　本文所涉材料，也有三四種有相關審查意見，一種是稍早時候，1965 年
12 月 16 日，中共南開大學圖書館支部的一位孫姓領導對《關於楊淑嘉，高志
達，于啟忠，董庶，查良釗等人》的審查意見：「查良錚為歷史反革命分子（但
有選舉權）來館工作已有六年。在館裏工作期間，思想改造比較好，工作態
度一般，行動老實，其所供材料可供參考。」該材料蓋有南開大學保衛處的
公章。其他的則是出現在 1968～1969 年間的材料上，1968 年 12 月 10 日，
專政小組在本月 7 日穆旦所作《關於何懷德》的左下端，作了簡短的審批
語：「查良錚屬專政對象，提供的材料僅供參考。」1969 年 2 月 8 日，南開
大學群眾專政小組在《關於徐露放和新報（補充材料）》上蓋有專章，「材料

〔註12〕易彬：《穆旦年譜》，北京：中國社會科學出版社，2010 年，第 4 頁。

已審僅供參考」。更完整的是 1968 年 9 月 30 日南開大學無產階級專政小組對於查良錚個人近五個月內表現的審查意見：

查良錚

查良錚，原圖書館工作人員，歷史反革命分子，反革命右派分子，六八年四月廿九日被革命群眾送到我專政小組勞改，至九月廿日宣傳隊接管時止。

查良錚平時不言不語，從不暴露自己的思想，生活會和批鬥會上極少發言。

查勞動表現一般，有時有亂說亂動行為，如一次和靳伯祥、劉君煌等牛鬼蛇神議論國防工事，受到批判。

在外調人員找他要他交待問題時，查良錚不能主動交待和揭發問題，採取迴避和搪塞的態度。

南開大學無產階級專政小組

1968.9.30

「宣傳隊」應該就是穆旦日記所稱「工宣隊」，也即「工人、解放軍宣傳隊」。工宣隊對於穆旦的看法暫無法獲知。但據稱，1968 年 8 月，工宣隊進入南開大學。12 月下旬，「校工軍宣傳隊領導的清理階級隊伍第一階段結束，得出的結論是：『南開大學叛徒成堆，特務成團，反革命分子成串』，並在全校批判大會上宣布了這一看法。」〔註 13〕

審查意見中既有「查良錚平時不言不語，從不暴露自己的思想」的說法，也指出他在「勞動表現一般，有時有亂說亂動行為」。穆旦本人稍後——本年 12 月 6 日，已被宣傳隊接管之後，其日記裏有「昨晚討論不要亂說亂動問題」的記載，所得到的認識是：「一句閒話，可能引起什麼後果，是自己控制不住的，在這種情況下，這種閒話頂好不說。因此要特別提高警惕，不要說無用的閒話。既有利於自己的改造，也有利於別人的改造。」〔註 14〕日後，來新夏在憶及當年的「牛棚」經歷時指出：當眾多「牛鬼蛇神」休息期間說著「天氣如何哈哈哈」時，穆旦常常「一言不發，看著別人說話，神情憂鬱寡歡」；對於那些「說話」很多的人，穆旦又「悄悄囑咐」身邊的朋友

〔註 13〕魏宏運：《魏宏運自訂年譜》，北京：社會科學文獻出版社，2004 年，第 69～71 頁。按：此譜談到了歷史系工宣隊的一些情形，或可供參考。
〔註 14〕穆旦：《穆旦詩文集·2》（第 3 版），第 293～294 頁。

「少說話」。〔註15〕審查意見認為查良錚在「平時」和「勞動」中的表現不一，看起來是有所矛盾，但結合穆旦本人稍後在日記中的思想認識和當事人日後的回憶來看，其間或可說是包含了由「亂說亂動」到「少說話」的改變軌跡，而這，正顯示了勞動改造的效應。

至於材料中所謂「查良錚不能主動交待和揭發問題，採取迴避和搪塞的態度」，看起來倒是並不意外。雖然本文所討論的材料多是 1968 年 9 月 30 日之後的，但大致情形應該是相似的，即穆旦對於外調所涉人員的政治身份和思想表現或不置可否，或語氣溫和、措辭含混，顯然並沒有給出令調查人員滿意的交待。

與此相關，有些材料中也會涉及穆旦本人的政治身份，《關於劉蘭溪》之中即有「我從未加入國民黨或三青團或任何特務組織」的說法。穆旦妻子後來的回憶文中在提到 1955 年肅反運動時曾寫到：「他每天上午 8 時就到外文系交待問題，中午回家飯吃不下，晚上覺也睡不著，苦思苦想。我勸他有什麼事都說了吧，問題交待清楚也就沒事了。領導說他不老實，連國民黨員身份都不肯交待。實際上他真不是國民黨員」，「良錚非常苦惱沒有可交待的，可是又被逼著交待」。〔註16〕而從當時的相關材料來看，對於是否加入國民黨一事，組織上顯然也是多有審問，《履歷表》（1955 年 10 月）即曾寫到：「1945 年底在青年軍 207 師有集體入黨事，曾拿表格讓我填寫，我曾規避，是否填了表，或是否交到，現已不能記憶。」同期所寫《歷史思想自傳》（1955 年 10 月）之中，也有類似的措辭含混的交待。這自然也難免會引起材料審查者的看法。

在上述材料寫作──在不斷交待自己和接受外調的同時，穆旦自身的境況也呈惡化之勢。除了前述 1968 年 4 月 29 日開始接受勞改之外，住房也被侵佔──據資料，1967 年春，南開大學紅衛兵的越軌行為很多。其中，發生了老教授大搬家或合夥住房的情況。及到該年 11 月，南開大學兩派對立嚴重，不斷發生武鬥。〔註17〕「武鬥」事，前述 1968 年 11 月 21 日的《關於

〔註15〕來新夏：《憶穆旦》，《中華讀書報》，1999 年 12 月 22 日。按：此前，該回憶的真實性曾引起不同的看法，但現在看來，與穆旦本人的交待材料倒是可以形成某種對照。

〔註16〕周與良：《永恆的思念》，杜運燮等編：《豐富和豐富的痛苦》，北京：北京師範大學出版社，1997 年，第 158 頁。

〔註17〕根據魏宏運的記載，當時「不少系的『當權者』命令住所比較好的老教授搬

何國柱和我》，穆旦曾有一兩句記載。1968 年 6 月，穆旦在南開大學東村 70 號的住房被紅衛兵強佔，被趕到 13 宿舍，全家 6 人居住在 3 樓的一個房間裏。再往下，本年 10 月 26 日，穆旦日記記有 8 個字：「住在第一教學樓中。」初看之下，似平淡無奇，但結合這裡的交待材料和家屬的回憶來看，這可能即是「清理階級隊伍」，「被集中」——被關進「牛棚」（校園裏的勞改營）。〔註18〕隨後，本年 12 月 3 日晚上，妻子周與良也被指「有美國特務嫌疑」，關進生物系教學樓「隔離審查」，有半年之久。以此來看，前述穆旦的很多材料，都在勞改期間所寫。

在當時和稍後的情形之下，穆旦除了不斷的交待之外，也還寫有日記和書信類文字，其中部分存留了下來，並隨《穆旦詩文集》披露出來。

此一階段的日記始於 1968 年 10 月 26 日——繼 1960 年 3 月 23 日之後，重新開始記日記。根據家屬的整理說明，從本日至 1970 年 10 月 17 日為穆旦的第二本日記，「日記本內封印有毛主席語錄：『人們的社會存在，決定人們的思想。而代表先進階級的正確思想，一旦被群眾掌握，就會變成改造社會、改造世界的物質力量。』《人的正確思想是從哪裏來的？》」其下寫有「改造日記　查良錚」。扉頁豎行寫有：「敬祝毛主席萬壽無疆！」〔註19〕自稱為「改造日記」，當可說是恰如其分。之前的討論實際上已經多次引述日記的內容——其中還有交待材料與日記高度吻合的現象，如 1969 年 1 月所作《清算我的「民主個人主義」教育及其餘毒徹底改造世界觀》，所作五點批判，正可見於當月 5 日的日記，由此，並不難看出其與各類交待材料的同構性。

更具體地看，這本「改造日記」有兩種截然不同的記法。從 1968 年 10 月 26 日至 1969 年 2 月 18 日，日記間隔較大，近四個月間，僅 20 餘則。所記也非日常生活事實，而是基於主席講話、報刊社論、小組發言等話語所進行的思想認識，或者，直接抄錄相關材料。略舉幾例來看：

出，或騰出一半房間，讓青年老師搬進去。鄭天挺被從原住房趕走，住進了不向陽的 9 平方米的一間小屋。滕維藻被掃地出門，從北村 7 樓搬到 11 樓，一家 5 口住在一間房內，只有 5 張床，什麼東西都沒有了。李何林也是掃地出門。楊生茂半個月被迫搬了兩次家，落戶於北村一間朝陰的房子。」見《魏宏運自訂年譜》，北京：社會科學文獻出版社，2004 年，第 66～67 頁。

〔註18〕周與良：《永恆的思念》，杜運燮等編：《豐富和豐富的痛苦》，北京：北京師範大學出版社，1997 年，第 159 頁。

〔註19〕穆旦：《穆旦詩文集·2》（第 3 版），第 291 頁。

1968 年 11 月 26 日：「發表了『認真學習兩條路線鬥爭的歷史』，並學習了主席在七屆二中全會講話。有些話是針對自己情況的……」

1968 年 11 月 27 日：「昨夜宣讀了工宣隊第四號通告，號召大檢舉揭發十類人。我要響應這一號召，好好想一想。」

1968 年 12 月 13～14 日：「批×××在勞動中因工具事而與人爭吵。自高自大，自以為是，是舊知識分子的一個毛病」，「在被專政後，又不能認罪，所以還擺出神聖不可侵犯的習慣。對自己有啟發……」

1968 年 12 月 19 日：「今天全校召開『批判劉少奇及其在我校代理人的罪行』大會，把黨的政策『坦白從寬，抗拒從嚴』具體體現出來，樹立了從寬從嚴的榜樣。這次大會對我有深刻的印象，會後很興奮……大會又宣讀了我校工宣隊第五號通告，把區別對待更加以詳細規定，其中有一條是把『從國外回國由於愛國心辦理回國手續的和從事特務活動的』區別開來，這就涉及到我和與良了。我們是出於愛國心回國的，沒有從事任何不利於祖國的活動，更談不到特務活動。這問題已坦白交待，完全交待。但現在還有一事可做，就是要幫助革命群眾如何查證其為事實。遠在美國的事，查證有某些困難，但從已回國的一些人中，也可以調查，相互印證。自己要協助弄清問題。」

1969 年 1 月 15 日：「寫『用主席思想統帥我的改造』……」
〔註20〕

所摘錄的五則日記，第一則所稱「發表」是口頭發表還是文字稿，已無法斷定，第五則所指當是文字稿，且有二三百字的大意概括。凡此，均浮現了更多的交待情形的存在。第四則日記涉及自己回國情形的查證，看起來也有必要請南開大學的相關部門展開外調，是否進行，目前無從知曉。第一至三則日記，都記錄了思想檢討的情形：未見組織的罪行指認，而是由主席講話、相關通告而認識到自己的罪行，進而深挖病根。除了思想檢討外，在 1969 年的幾則日記中，還有大段抄錄主席詩詞和教育文選的情形，未附任何學習心得。

〔註20〕這裡幾個段落裏的「……」均非原有，「×××」為原有。

1969 年 2 月 18 日之後，日記即告一段落，再次寫作日記已是一年之後，1970 年 2 月 16 日，寫法有了截然的改變：每日所記基本上僅數字或十數字，就是流水帳，如日常勞動、日常事件（包括家人的通信）等，學習班、會議、外調、寫簡歷、思想檢查等等，均只是一條記錄，不作任何展開。如：

3 月 29 日　補充登記表，寄出，覆與信。別人開大會（四大），半休。

5 月 5～6 日　下午開校動員大會，連動員大會，4·18 反革案。

6 月 5 日　上午開教系體現政策大會。下午插秧，晚討論會，接受批評。

（1970 年）6 月 11 日　上午提意見給我。下午搬行李回家。

所記太過簡略，很多背景都無從察知。〔註21〕1970 年 6 月 11 日可能是唯一的例外，日記的正文條目也是非常簡略，但日記整理者另有材料補充：「日記中另有一頁，錄有 11 條內容，可能是 1970 年 6 月 11 日記錄群眾所提意見」。〔註22〕就日記實際所記內容來看，「學習」的形式多種多樣，有聽社論、聽報告、學習文件、總結會、討論會、生活會、批鬥會、聽井崗山展覽、講用及聽講用、憶擺等，實可謂是相當之頻密。

日記之外，穆旦當時還寫有不少書信，但目前僅見 1968 年 8 月下旬致妻子周與良的兩封信。當時，穆旦在天津市丁字沽北大街丁字沽生產大隊部內住，周與良在河北省武清縣 414 公社卷茲大隊監督勞動。從日記來看，當時通信還是比較自由的，穆旦與妻子的往來書信近百封，集中於 1970 年 2 月到 1972 年 1 月間。考慮到穆旦的日記並非逐日記錄，其中多有斷缺，書信的實際數量應更大。給家人的信也不少，包括給自己的小孩，給爸媽，給妹妹及外甥女，但目前僅有 1976 年之後少數幾封存留了下來。其他的既不見披露，應是都已被毀掉。此外，當時還有給友人杜運燮等人的通信。

現存穆旦致妻子的信，1968 年 8 月 24 日，信紙上端印有「敬祝毛主席萬壽無疆」的字樣，內容完全是工作和生活的流水帳。8 月 31 日的信，也是同樣的信紙，內容較上一封稍詳細，先是談及生活、孩子們的情況，又談

〔註21〕綜合視之，目前僅有少數記載可明確找到相關背景，如「4·18 反革案」。此案可參見魏宏運：《魏宏運自訂年譜》，北京：社會科學文獻出版社，2004 年，第 74 頁。

〔註22〕穆旦：《穆旦詩文集·2》（第 3 版），第 307 頁。

起自己在工地上「和大家一起活動，沒有區分。我們晚間學習不長，九時半必睡。和社員們共開過兩次會，一次是批李美同，一次是學習主席著作積代會。」又說起了妹妹查良鈴的事，「她是認識問題，爸爸是偽職員，這定的都很實事求是，合情合理。」看起來，和日記也是很高的吻合度，也是日常生活、政治交待、思想認識的混同。以此返觀新見的這批穆旦交待材料，可以說，不管是在各種公開的交待場合，還是在日記、書信這樣的私性空間裏，思想檢查始終都是無從擺脫的主題。

現實層面的情形限於材料已無從窺見，但從日記記法的截然轉變來看，大段思想檢討的記錄演化為日常的流水帳，政治內容雖然依舊時時可見，但由大段的檢討、反省內容轉換為一個名詞，終歸還是在一定程度上顯示了日常政治壓力的減弱——亦或者，穆旦在應對政治生活時，緊張度已經有了較大幅度的降低。若此，穆旦此番所謂「自己的歷史問題在重新審查中」，轉折點發生在 1970 年初。至本年 1970 年 10 月，17 日開始下放到天津靜海縣大蘇莊南開大學「五七幹校」，但該月 25 日的日記記載：「去場部，聽說，連部說我已摘帽。」所謂「摘帽」，應是指謫去「歷史反革命分子」的帽子，即經過一段時間的改造之後，組織上認為穆旦「改造好了」，不再被當作「歷史反革命分子」來對待。

餘論 「一隻小檯燈仍伴著他的工做到很晚」

日常生活與現實政治如此之嚴峻，穆旦也還是別有所懷。根據子女的回憶，1968 年被管制、關在校內期間，孩子「每次送飯見到父親，他都是沉默寡言」，不過，「也曾關切地詢問廁所經常外溢的糞水是否淹到了書籍，念念不忘的還是那部《唐璜》譯稿。」〔註 23〕再往下，穆旦被下放到大蘇莊，妻子周與良當時還在河北完縣進行勞動改造，穆旦可以每隔一週返回天津，一次休息兩天。在子女的回憶中，父親回家休息的時間幾乎「全部用來譯詩」了——

> 在這兩天時間裏，他除了為我們採購一些生活必需品之外，全部用來譯詩。在那間悶熱的、擠得滿滿的，小屋子的一角，堆放著醬油瓶和飯鍋的書桌就是他工作的地方。晚上我們都休息了，一隻

〔註 23〕英明瑗平：《言傳身教 永世不忘——再憶父親》，杜運燮等編：《豐富和豐富的痛苦》，北京：北京師範大學出版社，1997 年，第 225 頁。

小檯燈仍伴著他的工做到很晚。〔註24〕

「全部用來」的說法或有某種誇飾，但基本事實當無疑義。即便在最困窘的時刻，翻譯家穆旦仍在執拗地工作。在翻譯什麼呢？可能是子女回憶之中屢屢提及的拜倫的《唐璜》，也可能是為青年讀者所喜好的普希金詩歌〔註25〕——不管是何種作品的翻譯，都可說是照亮穆旦在那段艱難歲月裏的一盞盞明燈，給他慰藉，也給了他繼續前行的動力。

（感謝賈俊學、韓鬥、王可、松琦、王蘇亞、徐自豪所提供的資料幫助。）

〔註24〕英明瑗平：《憶父親》，杜運燮等編：《一個民族已經起來》，南京：江蘇人民出版社，1987 年，第 142 頁。

〔註25〕周與良回憶，1970 年代初某日，穆旦在農場監督勞動期間，「在排隊買飯看到一個在食堂工作的青年在看一本很破舊的《普希金抒情詩集》」，「好幾天興奮不已」，由此「決定修改和增譯《普希金抒情詩集》」，見《地下如有知　詩人當欣慰——穆旦夫人的書面發言》，《詩探索》，2001 年第 3～4 輯。

第六輯

　　因為種種因素的限制，作家作品的搜集往往難以齊備。「全集不全」是一種普遍現象，相關集外文的發掘可謂是一種常態性的工作。

　　發掘的渠道，較早時期是在圖書館裏翻閱各種故紙堆，而隨著數字技術的持續發展，各類數據庫的次第出現，數字資源成為更主要的渠道。而與此同時，相關機構（如文學館、檔案館等）、各類交易平臺（拍賣會、舊書網絡等）、個人收藏等，也都是集外文發掘的重要渠道。近一二十年來，學界所發掘的數十種（類）穆旦集外文即是源自不同的渠道。

　　對於一位作家的研究而言，較多集外文的存在意味著作家既有形象面臨著新的調整；而從文獻學的實際進展來看，輯佚成果的較多出現，則可能孕育了文獻工作的新動向。概言之，較多穆旦集外文既能揭示地方性或邊緣性報刊之於文獻發掘、時代語境之於個人形象塑造與文獻選擇的特殊意義，也能凸顯文獻權屬、歷史認知等方面的話題，值得深入探究。

集外文章、作家形象與現代文學
文獻整理的若干問題
——以新見穆旦集外文為中心的討論

　　在數代學人的共同努力之下，中國現代作家文獻的整理工作已經取得了相當豐厚的成績：作家文獻搜集的完備程度已相當之高，作家全集或多卷本文集的出版已相當之多。〔註1〕與之相應，報刊信息被編製成目〔註2〕，其中一些重要報刊如《新青年》《大公報》等，得到了反覆檢索。但輯佚工作也始終在持續進行，且各類成果頗多，「全集不全」的現象也得到了較多討論。從近年來作家文獻輯佚的成果來看，重要作家如巴金、郭沫若、沈從文等人的文獻，均有較大的輯佚空間。對一位作家而言，較多集外文的存在意味著作家既有形象面臨著新的調整；而從文獻學的實際進展來看，輯佚成果的較多出現，則可能孕育了文獻工作的新動向。本文將以2006年版《穆旦詩文集》出版以來新發現的穆旦各類詩文為中心，兼及其他作家的多種材料，對相關問題展開討論。

　　穆旦作為詩人和翻譯家的重要性現今已基本得到學界的普遍認可。但從現當代文學的實際發展進程來看，穆旦在新中國成立後較長一段時間之內屬於被忽略、被壓抑的作家，其詩名不彰，譯名倒是較早就得到認可，但較早

〔註1〕嚴格說來，作家文獻全集或文集的出版與文獻校理的精確性之間並不平衡，文獻重校有相當大的空間。此一話題所涉及的面比較廣，擬另文展開。
〔註2〕相比於現代期刊目錄而言，報紙的文學類副刊目錄的編制工作還相當之零散，相關工作亟待展開。

時期的讀者顯然並未將翻譯家「查良錚」與詩人「穆旦」統合為同一個人。學界對於穆旦的較多認識，至少已遲至 1980 年代後期；而穆旦形象的全面呈現，更是遲至 2005～2006 年間：2005 年，人民文學出版社先是推出煌煌 8 大卷《穆旦（查良錚）譯文集》，次年又推出 2 卷本《穆旦詩文集》，穆旦絕大部分寫作和翻譯作品均被囊括其中。作為詩人的「穆旦」與作為翻譯家的「查良錚」第一次比較完整地呈現在讀者面前。但與已出版的作家全集或多卷本文集境況相似的是，穆旦的集外文仍有不少，包括詩文、翻譯、檔案材料、未刊文稿、集體處理的相關文字等，計有數十種（類）。2014 年，增訂版《穆旦詩文集》推出，部分文字被收錄，但仍有較多闕如。因相關文字類型不一，所包含的信息量比較大，指涉面比較寬，對此展開討論，既能更為全面地呈現穆旦形象，也能揭示近年來中國現代文學文獻整理過程中所出現新動向，以及所存在的若干問題。

地方性或邊緣性報刊與文獻資料的發掘

大致而言，新近發現的穆旦不同時段的文字，指涉面不盡相同。先來看看新中國成立之前的，計有 20 種〔註3〕，其中詩 6 首，文 9 篇，譯作 5 種，見於《益世報》《清華副刊》《火線下》《益世週報》《今日評論》《教育雜誌》、香港版《大公報》、桂林版《大公報·文藝》《文學報》《中南報》《文聚叢刊》《楓林文藝叢刊》《獨立週報》等處。

這些文字中，《管家的丈夫》（文）、《傻女婿的故事》（文）、《這是合理的制度嗎？》（文）、《在秋天》（詩）尚未被增訂版詩文集收錄，《詩的晦澀》《一個古典主義的死去》《對死的密語》《獻歌》《J·A·普魯佛洛的情歌》這五種譯作也未見於譯文集。綜合來看，新發現的詩歌對穆旦既有形象基本上構不成衝擊，但文章和翻譯則能很好地廓大穆旦的形象。穆旦較少散文作品，新發現的 9 篇散文值得注意，《管家的丈夫》《傻女婿的故事》是講故事的筆法，

〔註3〕 本篇為 2017 年定稿，所述為到當時為止的信息，此後學界還發掘出了一些新的穆旦集外文，相關討論有司真真：《穆旦佚文七篇輯校》，《新文學史料》，2018 年第 4 期；王岫廬：《穆旦時論翻譯佚作鈎沉（1943～1944）》，《中國現代文學研究叢刊》，2019 年第 4 期；李煜哲：《從「苦難」到「祭歌」：穆旦的緬戰經歷敘述之變──從穆旦集外文〈苦難的旅程──遙寄生者和紀念死者〉說起》，《現代中文學刊》，2019 年第 3 期；凌孟華：《填補穆旦緬印從軍經歷空白的集外文兩篇》，《中國現代文學研究叢刊》，2020 年第 4 期，等等。

印證了穆旦本人的一個說法：「在中學高二、三年級開始寫詩及小說」。〔註4〕此前，坊間並未見到穆旦的「小說」。《抗戰以來的西南聯大》是穆旦任西南聯大助教之後的文字，當期《教育雜誌》為「抗戰以來的高等教育」專輯，很顯然是經過有意策劃，該專輯共談及 27 所高校，文章基本上都是用「抗戰以來的……」式標題，《抗戰以來的西南聯大》位列頭條。之後是中山大學、武漢大學、國立浙江大學、四川大學等校的情況介紹；壓軸的是著名文化人士王雲五先生的《現代中國高等教育之演進》。穆旦生前聲名微薄，一般即認為，留校任助教之後所從事的就是一些日常性事務與公共基礎課教學，此文則可適當改變這樣一個人微言輕的形象，顯示了穆旦對於學校事務的積極參與。4 篇「還鄉記」文章，描述的是從雲南到北平的北歸途中之所見，其中雖也有一些「很活潑的印象」，但更多的是各種戰爭遺景——破爛的街景，街上、酒館裏那些穿著破舊衣服的、無所歸依的、失去了人的體面的日本兵，「荒涼」的文化局勢，瘋長的物價顯然給穆旦留下了更為深刻的印象，「厭棄戰爭」情緒顯得尤為突出，「戰爭有什麼意義」被強烈質疑。這種寫作進一步強化了 1940 年代中段穆旦詩歌所呈現的主體形象。

5 種翻譯也比較醒目，所譯均是 20 世紀英語文學作品，其中，路易·麥克尼斯、Michael Roberts 和臺·路易士，與奧登同在牛津大學受教育，被稱作是「奧登一代」詩人。研究認為，學院講授的近現代西洋文學對創作界產生了影響，推動了新文學發生變化，這一新文學發展過程中出現的新現象此前也有，但直到西南聯大時期「才變得集中、突出、強烈」。〔註5〕穆旦這種近乎「同步翻譯」的行為，其所領受的教育以及其閱讀、翻譯與創作之間的互動關聯，乃是此一新現象的重要內容。

再來看看相關報刊。《大公報》《教育雜誌》自然是影響非常之大的，各版《大公報》，穆旦作品的發表量很不少，詩歌作品均搜羅在列，遺下譯作不錄，有些蹊蹺。〔註6〕《教育雜誌》由商務印書館創辦，被認為是中國近現代教育史上持續時間最長、影響最大的教育專業刊物。《清華副刊》雖是

〔註4〕據南開大學檔案館館藏查良錚檔案之《歷史思想自傳》（1955 年 10 月）。

〔註5〕張新穎：《20 世紀上半期中國文學的現代意識》，北京：生活·讀書·新知三聯書店，2001 年，第 194 頁。

〔註6〕除《朗費羅詩選》之外，單篇（組）譯文均未編入《穆旦譯文集》，所以這一狀況也可能有體例方面的原因。

清華大學校園刊物，但由於清華的名望，辦刊時間長，其影響力也比較廣遠。其餘各種則都可說是抗戰爆發之後的、實存時間較短或影響力有限的地方性報刊。其中，《文聚》《今日評論》及《獨立週報》與西南聯大關係緊密，前兩者比較早即進入了研究視野，但刊物性質不一，《文聚》是由學生主辦的文學刊物，《今日評論》則是錢端升等資深教授主辦的思想評論類刊物。《獨立週報》與西南聯大「文聚社」所辦《文聚》雜誌有前後關係〔註7〕，但少見於一般敘述。其他的，由知名文學人士孫陵主持的《文學報》與邱曉崧、魏荒弩等人主持的《楓林文藝叢刊》，也可算是比較早就受到關注，但刊物信息發掘有限。《火線下》《益世週報》《中南報》偏於一隅，性質也相近，均是以社會、時政方面的內容為多，文學版塊很小，基本上只有單篇作品。

上述多數刊物所載穆旦詩（譯）文未能被較早發掘整理，可謂反映了現代文學文獻整理方面的一個基本狀況：時局動盪，報刊出版受制於經濟、文化、人員等方面的因素，缺乏足夠的穩定性，相當部分報刊或實存時間短、或囿於一地，影響力有限，時間一長則易陷入湮沒無聞的境地。抗戰爆發之後，這一局勢顯得尤為突出。比如在西南聯大時期的文學活動中有重著要影響、且曾較多刊載穆旦作品的《文聚》雜誌甚至難以找齊完整的一套。換個角度來看，這一狀況實際上也可說是寓示了近期現代作家文獻整理的兩種新趨向：

其一，數代學人在整理現代作家文獻的過程中，文化事業發達地區的或與重要作家相關的報刊已得到了反覆檢索，積累了豐厚的成果，報刊文獻的開掘空間日益狹窄；但地方性或邊緣性的報刊還具有相當大的開掘空間，儼然成為了作家文獻輯佚非常重要的來源，學界對於廢名、周作人、馮雪峰、冰心、曹禺、老舍、沈從文、穆時英、胡風、卞之琳、汪曾祺等重要作家集外文的較多開掘，即是基於對此的細緻翻閱。〔註8〕

其二，《教育雜誌》所載穆旦文章也提示了現代文學文獻查閱的一個重要

〔註7〕《獨立週報》不少期數的第8版（副刊版）均明確標示了「文聚」字樣。
〔註8〕參見李怡：《地方性文學報刊之於現代文學的史料價值》，《中國現代文學研究叢刊》，2010年第1期；劉濤：《緒論──民國邊緣報刊與現代作家佚文》，《現代作家佚文考信錄》，北京：人民出版社，2012年；解志熙：《考文敘事錄：中國現代文學文獻校讀論叢》，北京：中華書局，2009年；解志熙：《文學史的「詩與真」：中國現代文學文獻校讀論集》，北京：北京大學出版社，2013年。

方向：現代作家或有很強的綜合視野，或與其他非文學活動有著這樣那樣的
關聯，其寫作行為往往也就並不限於文學作品，文化、教育、政治、經濟、軍
事等方面的報刊也可成為現代作家文獻發掘的重要來源。

時代語境、個人形象與文獻選擇

穆旦翻譯作品的厚度遠遠超過了寫作，《穆旦（查良錚）譯文集》共 8 卷：
第 1～2 卷為《唐璜》，第 3 卷為《拜倫詩選》《濟慈詩選》，第 4 卷為《雪萊
抒情詩選》《布萊克詩選》《英國現代詩選》，第 5 卷為《歐根·奧涅金》《普
希金敘事詩選》，第 6～7 卷為《普希金抒情詩選》，第 8 卷為《丘特切夫詩選》
《朗費羅詩選》《羅賓漢傳奇》。

並不難發現，所選錄的均是穆旦在新中國成立之後所翻譯的、已結集出
版或大致成型的文學類作品。所遺漏的除了此前提及的多種零散譯作外，還
包括新中國成立後曾產生不小影響的兩種文論類譯著，即《文學原理》（季摩
菲耶夫著）〔註9〕與《別林斯基論文學》，以及其他幾種學界尚不大知曉的翻
譯：勃特·麥耶斯的《一九五三·朝鮮》，印度的阿里·沙爾特·霞弗利的《恰
赫魯隊長》與匈牙利的班雅敏·拉斯羅的《匈牙利的春天》（均有《後記》），
參與翻譯的《美國南北戰爭資料選輯》《美西戰爭資料選輯》等。

比照早期翻譯，新中國成立後穆旦的翻譯行為有了幾重變化：一是語種
不僅限於英語，也有俄語；二是翻譯對象基本上是 19 世紀的作品——直到晚
年，才有《英國現代詩選》。三是早期翻譯署名「穆旦」——詩人與譯者的名
字是統一的；新的翻譯改署「查良錚」、「良錚」或筆名「梁真」，造成了詩人
「穆旦」與翻譯家「查良錚」分離的局勢。四是翻譯的整體性大大加強，理論
文字、詩歌作品的翻譯均是如此。五是出現了小說、歷史資料等新動向。

初看之下，這些變化多半和新中國的文化語境有關，俄語是穆旦為了適
應新中國文化建設的需要，在美國留學期間刻苦學習而來的；翻譯對象的選
取，和當時對於現代主義藝術的否定與批判是分不開的；改署本名，擯棄筆
名「穆旦」——將詩歌寫作與翻譯分離開來，也是基於對時代語境的應對。
〔註10〕基於這樣的因素，新中國的穆旦翻譯與早期翻譯基本上是割裂的——

〔註9〕分別為平明出版社 1955 年版、新文藝出版社 1958 年版。
〔註10〕參見易彬：《「穆旦」與「查良錚」在 1950 年代的沉浮》，《中國現代文學研究
　　　叢刊》2008 年第 2 期。

晚年所譯薄薄一冊《英國現代詩選》〔註11〕，除了葉芝和奧登外，其餘4人即是早年翻譯過的艾略特、斯蒂芬·斯彭德、C.D.劉易斯（即臺·路易士）、路易斯·麥克尼斯，但《J·A·普魯佛洛的情歌》與早年譯文多有差異，當年所作《譯後記》〔註12〕以及《對死的密語》與《譯後記》均未被列入，這也可視為早期翻譯與晚年翻譯分裂的表徵。

從文獻整理的角度看，《穆旦詩文集》的處理方式有無意遺漏和有意遺棄之分：穆旦早期譯作未能被及時發現，可歸之為常見的文獻遺漏現象；但新中國成立之後的幾種譯作，看起來更像屬有意遺棄之列。

從出版時間看，蘇聯文藝理論家季摩菲耶夫的《文學原理》是穆旦從美國留學回來之後最先出版的譯著，當時曾被用作教材，曾多次印刷，實際印數在數萬冊之上（含單冊印數）。《別林斯基論文學》出版時間較晚，印數有限，但別林斯基是對當代中國文論產生重要影響的人物，該書的效應亦不可低估。對於這兩種翻譯行為，穆旦家屬及其譯作整理者顯然知情。

至於穆旦所譯匈牙利的班雅敏·拉斯羅的詩歌《匈牙利的春天》和印度的阿里·沙爾特·霞弗利的小說《恰赫魯隊長》，刊載於當時最為重要的翻譯類刊物《譯文》（即後來的《世界文學》），穆旦家屬及其譯作整理者也可能知情。〔註13〕兩者都是從俄文轉譯過來的，底本來自1952年和1954年出版的俄語讀物──從俄文轉譯，時間相當之切近，且明顯包含了政治效應〔註14〕，這些都顯示了在新中國成立之後的文化語境當中，「俄語」之於其他語種所具有的價值優先性──援引蘇聯文藝理論或經典作家的做法，也具有更高的權威性。新中國成立之後，穆旦最初翻譯出版的是俄語文學理論作品。對英語文學作品（雪萊、拜倫、濟慈、朗費羅等人作品）的譯介文字中，也頻頻引述

〔註11〕 查良錚譯：《英國現代詩選》，長沙：湖南人民出版社，1985年。

〔註12〕 《J·A·普魯佛洛的情歌》發表時，有《譯後記》；晚年翻譯時，詩名改為《阿爾弗瑞德·普魯佛洛克的情歌》，沒有《譯後記》，但譯有關於該詩的簡介。

〔註13〕 我曾就這兩篇文章詢問過李方先生，他的答覆大致為：家屬手頭上有兩文的複印件，但當時找不到出處，就沒有收入《穆旦譯文集》。

〔註14〕 《後記》指出：班雅敏·拉斯羅讀到小學四年級即輟學，做過學徒、工人，才能「直到匈牙利解放以後才發揮出來」，1954年10月，曾隨匈牙利文化代表團訪問中國。介紹阿里·沙爾特·霞弗利小說時則援引蘇聯作家洪吉諾夫的說法：令人「回憶到早年的高爾基」，以及「萊蒙托夫所描寫的一些人物」。這裡對於作家身份、對寫作與政治（「解放」）關係的強調，以及援引蘇聯評價的做法，都明確包含了政治信息，在1950年代文化語境之中具有某種典型性。

蘇聯文藝界與經典作家的評語，以證明其合理性，其依據也正在此——簡略說來，相關譯介文字的基本行文格局是既指陳其「侷限性」，又強調其「合理性」，特別是蘇聯方面的合理認定。正因為時代語境的因素如此之突出，敘述的平衡性絕難達成。對於「侷限性」的指陳，對於「革命話語」的篩選，往往佔據了更為突出的位置。

所譯勃特・麥耶斯的《一九五三・朝鮮》來自 1953 年 4 月號的美國《群眾與主流》雜誌，亦是國外最新的出版物。詩歌是「由在朝鮮的美國侵略軍的一個士兵寫的。詩中充分表現了一般美國士兵的厭戰情緒」——「一個國家變為廢墟，而我們／以夜晚的紅光照耀她的血。」這種「厭戰情緒」是一種帶有普遍意味的人類情感，與 1945 年底穆旦在「還鄉記」系列文章中所流露的「厭棄戰爭」情緒正相通，與新中國初期「抗美援朝」的時代語境則不能不說有幾分不合拍之處。

不過，總體說來，時代語境對於穆旦翻譯行為的緊密滲透還是很明顯的。以此來看，儘管穆旦譯著以「譯文集」而不是「譯文全集」的名義出版，擯棄任何一種譯著均無可厚非，但擯棄兩種曾經產生重要影響的文藝理論譯著，以及從俄文轉譯過來、帶有一定意識形態烙印的文學作品，這類行為終究難免令讀者產生疑惑：與其說這類譯著已經失去了存留與傳播的價值，還不如說它們不那麼符合穆旦的既有形象——儘管穆旦的其他譯介文字、日記等材料已經比較明顯地顯示了穆旦對於時代話語的應合。

廓大到現代文學文獻的整理來看，作家全集或文集因時代語境方面的原因，不錄、節錄甚至改寫相關文獻的現象絕非個案，《艾青全集》（花山文藝出版社，1991 年）、《馮至全集》（河北教育出版社，2000 年）以及《卞之琳文集》（安徽教育出版社，2002 年）對於相關文獻的擯棄或刪改，均可見出時代語境的變幻給作家文獻整理所帶來的困惑與困境。

集體類文字、文獻權屬與歷史認知

有兩種穆旦文字可歸入集體類文字之列。一類是 1946～1947 年間，穆旦曾在瀋陽任《新報》總編輯，歷時一年有餘。《穆旦詩文集》僅收錄署名查良錚的《撰稿和報人的良心——為本報一年言論年總答覆》（1947 年 4 月 22 日），曾在《新報》（1947 年 3 月 2 日）發表過的詩歌《報販》也被收錄，但並非取自該版本。

從常理推斷，作為總編輯，穆旦在此期間所寫文字應該是比較多的。穆旦後來在交待材料之中曾經非常籠統地寫道：「根據地方新聞寫『日日談』，（約二三百字），自覺頗受讀者歡迎。在新報期間，共寫社論兩三篇，有一篇是說不要跟美國跑的，大受當局（杜聿明）斥責。又曾登載中長路副局長貪污，並為文攻擊。副刊中也曾有反內戰的諷刺文字」。〔註15〕查閱《新報》，「日日談」是常設欄目，主要為東北特別是瀋陽新聞時事的短評，篇幅短小，一事一議，一般僅一、二百字，長也不超過三四百字，偶有中斷，每天一則，偶而兩則。文章應為報社同人輪流執筆，最初基本上未署名，後也僅在結尾署一字於括號中，有「金」、「江」、「庸」、「維華」、「平」、「宜生」、「華」、「鏡宇」、「宇」、「紅」、「莊」、「紫」、「河」、「青葵」等。因為「金」為查良錚之「錚」的偏旁，這一類文字被認為是由穆旦所撰，署名為「金」的約30篇，有《糾正魚肉鄉民的敗類》（1946年12月28日）、《樹立不收禮的作風》（1946年12月30日）、《商運大豆困難重重》（1947年2月7日）、《請制止官員逃難》（1947年6月5日）、《豈可縱容不法糧商》（1947年6月14日）、《失業青年向何處去？》（1947年6月16日）等。但其他的，如社論、攻擊貪污與諷刺內戰的文字，則無法準確查證。

　　另一種集體類文字是1960年代所進行的美國史翻譯。與前一類相比，這類的集體性質更為明顯。

　　約在1963年，穆旦曾被請到歷史系幫忙工作約三個月，參與俄文和英文的翻譯。據當事人回憶〔註16〕，當時歷史系「正在搞『反修』，批判歷史學領域中的修正主義觀點。當時組織了一批外文系的俄文教師來批判」。這個事情算不上「運動」，「是中宣部還是哪個上級交給的帶有政治性的任務」，所寫材料沒有正式出版。此後又在南開歷史系負責美國史研究的楊生茂教授邀請下，參與了美國南北戰爭資料的翻譯。這即是「文革」之後出版的《美國南北戰爭資料選輯》《美西戰爭資料選輯》。

　　看起來，集體翻譯的俄文資料已難以查找，但美國史資料很常見，如《美國南北戰爭資料選輯》初印達6萬冊，歷史稍久的圖書館都有藏書。這是為了閱讀美國史的人的需要，按歷史事件編譯了若干資料選輯，分冊陸續出版，該書是其中一種。「選輯」也即帶有濃厚意識形態色彩的節譯，

〔註15〕據南開大學檔案館館藏查良錚檔案之《歷史思想自傳》（1955年10月）。
〔註16〕據2006年4月11日，筆者與馮承柏先生的談話。

主要翻譯反映「奴隸主的殘暴統治」、資產階級與奴隸主合污以及黑人為解放事業而英勇鬥爭的材料。署名參加翻譯的共有 9 人：周基堃、查良錚、陳文林、王敦書、楊生茂、李元良、張友倫、馮承柏、白鳳蘭。〔註 17〕不過，署名並未具體到相關章節，故實際分工已難以考證。

上述兩種文字，穆旦作品整理者的處理方式是不同的。《新報》時期資料，李方、張同道等人已經查閱到，且在相關場合有所申述〔註 18〕，《穆旦詩文集》不錄，主要還是出於一種謹慎的考慮，即署名無法完全確證。美國史的翻譯，穆旦家屬顯然知情（穆旦藏書之中有此書），但相關文字均不述及，其動因應該與對於季摩菲耶夫、別林斯基的理論文字處理方式相似，即不那麼符合穆旦的既有形象。

穆旦的此類明顯帶有集體性質的寫作與翻譯廓大來看，實際上關涉到一些比較特殊的文字的歸屬問題：

其一，現代中國從事報刊編輯活動的人士，其執筆完成、但未署個人實名（署不常見的筆名、化名、減縮名或署「編者」、「記者」等）的相關文字，抑或是集體討論、個人執筆的文字，其歸屬當如何確定？再廓大來看，部分人士在單位或機構擔任職務期間所寫下的公務類文字，其歸屬又當如何確定？考慮到現代以來，從事過編輯活動或擔任過行政職務的文學人士不在少數，相關文獻的總量並不算少，這實在可說是一個比較棘手的問題。

不妨以沈從文、于賡虞的相關文獻資料的整理為例來簡要說明。沈從文曾投入相當精力來創辦雜誌或主持報刊的文藝版面，可謂卓有成績的編輯家。其中如 1946 年 10 月新創的《益世報‧文學週刊》，不僅直接署名主編，發刊辭《〈文學週刊〉開張》也有署名，這類文字自可確斷，但更早時期的文字，如《人間‧卷首語》（該刊為沈從文、胡也頻、丁玲合編，以沈從文為主編）、《小說月刊‧發刊辭》（該刊為沈從文、林庚、高植、程一戎編輯）、天津版《大公報‧文藝副刊》的啟事、編後記、作品附記等資料（該刊 1933 年 9 月創刊，由楊振聲、沈從文編輯，事實上沈從文主持大部編務）〔註 19〕，來自沉從文與他人合編的

〔註 17〕楊生茂主編：《美國南北戰爭資料選輯》，上海：上海人民出版社，1978 年，第 viii 頁。

〔註 18〕2006 年，南開大學文學院舉辦穆旦詩歌學術研討會期間，筆者曾與張同道先生交流過此一問題；李方先生稍後亦有《穆旦主編〈新報〉始末》，刊載於《新文學史料》，2007 年第 2 期。

〔註 19〕相關說明文字均據《沈從文全集》（北嶽文藝出版社，2002 年）編者的注釋

報刊，有的署名「編者」，有的未署名，儘管沈從文被認為是「主編」或「主持大部編務」，但其權屬問題並不截然清晰，《沈從文全集》徑以「編者言」為題收入，也就可待推究。

相比之下，《于賡虞詩文輯存》的處理更為謹慎，編者在于賡虞全部文章之外，單列「疑似于賡虞佚文輯存」，其中就包括他所編輯的《華嚴》雜誌《編校以後》兩篇（署名「記者」，該刊另一編輯為盧隱）以及《平沙》雜誌的 4 篇編後記（未署名，該刊編務人員還包括汪漫鐸、葉鼎洛），《編者說明》對實際情況做了比較詳細的說明，因無法確斷，故作疑似案例來處理。〔註 20〕

其二，新中國成立之後，「集體寫作」現象乃至「寫作組」多有出現，如集體寫作文學史、批判文稿，集體翻譯等。其對象選擇與實際文風帶有很強的時代烙印，署名問題有時也難以釐定（集體署名而非個人署名，或使用筆名、化名等），此類寫作現象日後往往面臨著歷史認知的問題，或按下不表，任其湮沒，或成為爭論不休的公案。此一方面，《回顧一次寫作：〈新詩發展概況〉的前前後後》可算是很有意味的一個例子。《新詩發展概況》是一本由「特定時代催生」的書，北大中文系 1955、1956 年級學生謝冕、孫紹振、劉登翰、孫玉石、洪子誠、殷晉培六人，於 1958～1959 年間共同撰寫完成的「紅色文學史」。五十年之後，五位依然健在的作者「對這一文本，連同這一文本產生的過程，進行清理和反思」──「主要不是做簡單的自我指責，不是站在對立位置上的意識形態批判，而是在參照思考的基礎上，盡可能地呈現推動這一事情產生的歷史條件，和這些條件如何塑造寫作者自身。這既涉及整體性的政治、文化氣候，也與個人的生活經驗、思想情緒相關。」〔註 21〕文獻權屬清晰（各章節均有署名），各位作者直面歷史、且藉此對歷史敘述展開反思，這類現象是比較少見的，但當事人日後在出版個人全集或多卷本文集時，是否樂於將其列入？這顯然還有待進一步觀察。

從上述情況來看，穆旦兩類帶有集體性質的文字未能歸總，既關乎編者、家屬的謹慎態度與歷史認知，也暴露了當下語境之中此類文獻的權屬問題。

說明。

〔註 20〕解志熙、王文金編校：《于賡虞詩文輯存・下》，開封：河南大學出版社，2004年，第 794～796 頁。

〔註 21〕謝冕等：《回顧一次寫作：〈新詩發展概況〉的前前後後》，北京：北京大學出版社，2007 年。所引述的文字出自洪子誠所撰《前言》。

檔案文字與未刊手稿

以上穆旦的集外文字都已公開發表或出版,雖有較大的查閱難度,但終究還是有跡可循的。相比之下,檔案文字與未刊手稿有賴於相關部門或家屬的解密,一般讀者一時之間顯然還難以察知。

現南開大學檔案館所存穆旦個人檔案始於 1953 年從美國留學回來之初,止於 1965 年文化大革命前夕。除了一些零散材料外,共有 8 份履歷表格或思想總結類材料。其中,所填各類表格有 5 份:1953 年 2 月 21 日的《回國留學生工作分配登記表》、1953 年 6 月的《高等學校教師調查表》、1955 年 10 月的《履歷表》、1959 年 4 月 19 日的《幹部簡歷表》、1965 年的《幹部履歷表》。思想總結類材料有 3 份:1955 年 10 月的《歷史思想自傳》、1956 年 4 月 22 日的《我的歷史問題的交代》、1958 年 10 月的《思想小結》。此外,南開大學相關人事、事件檔案也比較完備。此前,坊間關於穆旦生平經歷類材料文字極少,基本上都是穆旦家屬的回憶類文字。藉助檔案材料,穆旦生平經歷之中若干晦暗不明之處得以澄清,穆旦與時代文化語境之間的關聯也得以恢復。

這些檔案文字,「思想小結」等屬檢討材料,「履歷表」中的陳述類文字基本上也是檢討語調,從中不難看出時代語境的面影——新中國成立相當長的一段時間之內,思想改造政治運動頻發,檢討大面積出現,據說,1949～1957 年間即有過「六次檢討浪潮」,檢討有著群體性、規模性、頻繁性、相關性和連帶性等特點,文本形式則包括「自我批評」「自我批判」「檢查」「交代」「思想總結」「思想彙報」「學習總結」「自傳」等,以及「很多意在檢討而『名不符實』的『隱晦文本』」,如費孝通的《我這一年》,以及書籍序跋這類「更為隱晦的檢討文本」;檢討保存形式則包括「發表在報紙、雜誌等媒介的公開文本」,「向黨組織上交、當眾宣讀或在一定範圍內公開張貼宣傳的半公開文本」,「秘密領域內的『潛在文本』」——「當事人的心得、書信和日記」,此外,還有各種形式的口頭檢討。〔註 22〕以此返觀,《穆旦詩文集‧2》所錄文字中,曾刊於《人民日報》1958 年 1 月 14 日的《我上了一課》屬公開檢討,1959 年 1 月 1 日至 1960 年 3 月 23 日和 1968 年 10 月 26 日至 1969 年 2 月 18 日間的「日記手稿」屬「潛在文本」,上述檔案

〔註22〕 參見商昌寶:《作家檢討與文學轉型》,北京:新星出版社,2011 年,第 7～29 頁。

文字則可歸入「半公開文本」，至於口頭檢討，可想而知也是相當之多的。

　　從作家文獻的整理來看，較早的時候，檢討類材料基本上並不被錄入。但近年來，此類材料的整理與研究已呈現出新動向，被收入作家全集或專題出版，聶紺弩、郭小川、沈從文、王瑤等人全集均有較多收錄，最引人注目的則當屬邵燕祥、郭小川等人的此類材料的處理：邵燕祥本人先是結合檢討材料，作《沉船》，勾描了一個知識分子如何「死在一九五八」〔註23〕；後又自行編訂《人生敗筆：一個滅頂者的掙扎實錄》，所錄主要為 1966～1970 年間的「思想檢查」類材料。〔註24〕郭小川的材料則由家屬整理完成，據說現存郭小川的檢查交待（小傳、自我鑒定、檢查交待等）和批判會記錄共有 40 餘萬字，先是《郭小川全集・補編》〔註25〕收入「與作者生平、創作及思想關係密切的部分」，共約 25 萬字；稍後，又以《檢討書——詩人郭小川在政治運動中的另類文字》〔註26〕之名專題出版。兩者在篇目上多有差異，統合起來看，應是囊括了當時所見郭小川絕大部分此類文字。而且，此一專題圖書封面有按語：「一位黨內高級幹部的檢查交代」；「本書獻給不願出賣自己，堅守社會良知的人們」。圖書後半部分為「誰人曾與評說——審視郭小川」，錄有邵燕祥、洪子誠、錢理群、王富仁等人的文章，封底摘錄有洪子誠的文字：「他為了所犯的『錯誤』和『罪行』多次檢討，作出真誠的懺悔和反省，但始終堅持著心靈和人格的高貴。」以此來看，該書在展現特殊歷史材料的同時，也包含了家屬和編者對於郭小川形象的塑造。

　　當代中國歷史風雲變幻，相關政治文件或檔案材料的解密程度相當之低，作家文獻的輯錄又往往止於寫、譯類文字，作家與時代語境之間的內在關聯往往難以得到有效透現。在這樣的背景之下，與時代關聯緊密的各類政治材料的發掘，對於研究有著顯著的推動作用。陳寅恪稱「一時代之學術，必有其新材料與新問題。取用此材料，以研求問題，則為此時代學術之新潮流。」〔註27〕《郭小川全集》甫一出版即被認為包含了「新材料」，揭寓了「新問題」——按照洪子誠先生的說法，新時期最初幾年，「是郭小川最受

〔註23〕邵燕祥：《沉船》，上海：上海遠東出版社，1996 年。
〔註24〕邵燕祥：《人生敗筆》，鄭州：河南人民出版社，1997 年。
〔註25〕郭小川：《郭小川全集・12》，桂林：廣西師範大學出版社，2000 年。
〔註26〕郭曉惠等編：《檢討書》，北京：中國工人出版社，2001 年。
〔註27〕陳寅恪：《陳垣敦煌劫餘錄序》，《金明館叢稿二編》，上海：上海古籍出版社，1980 年，第 236 頁。

讀者和批評家熱情關注的時間」，此後「逐漸退出詩界關注的中心」，似乎已經「失去在新的視角下被重新談論的可能」，但隨著包含了「大量的背景材料和詩人傳記資料」的《郭小川全集》的出版，「作為當代詩人、知識分子的郭小川的精神歷程的研究價值得以凸現，也使其詩歌創作的闡釋空間可能得以拓展」；廓大到當代文學研究來看，它也「有助於更切近地瞭解這一時期文學和作家的歷史處境，和文學的『生成方式』的性質」，推動「『當代文學』研究的改善和深化」。〔註28〕

「檢討文化」已被認為是當代中國思想史的重要命題〔註29〕，「作家檢討與文學轉型」的探討囿於資料——檔案缺失或無法利用，往往困難重重，但也可說是當代文學研究新的學術增長點，已經並將繼續得到深入討論。〔註30〕穆旦的這些檔案材料的進一步整理與研究，無疑也符合文學史或思想史研究的新動向。

至於穆旦未刊文稿，實際量並不大，但有一個受關注度比較高，即穆旦晚年所作、至今秘而不宣的敘事長詩《父與女》。該詩以知青故事為框架，當是寫於1970年代中期。1977年初，穆旦在致友人信中談到，因譯了拜倫敘事詩《貝波》，「仿它寫了幾百行的敘事詩」〔註31〕，所提及的應該就是《父與女》。穆旦晚年可能毀掉了一些文稿〔註32〕，但《父與女》被精心收藏，應是穆旦有意想保留下來的。〔註33〕後來，此詩曾在極小的朋友圈內流傳過。由於一些原因限制，這裡也不便對《父與女》展開討論，但考量其何以未收入

〔註28〕洪子誠：《歷史承擔的意義》，郭曉惠等編：《檢討書》，第362～365頁。

〔註29〕沙葉新：《「檢討」文化》，《隨筆》，2001年第6期。

〔註30〕商昌寶的《作家檢討與文學轉型》是專書討論，既有總論《檢討：特殊時代的文化現象》，也分「反動作家」「進步作家」、國統區左翼作家和解放區作家，對朱光潛、沈從文、蕭乾、巴金、老舍、曹禺、夏衍、茅盾、胡風、丁玲和趙樹理的檢進行了深入討論。近期重要討論則還有錢理群：《讀王瑤的「檢討書」》，《中國現代文學研究叢刊》，2014年第3期。

〔註31〕穆旦：《致郭保衛》（1977年1月12日），《穆旦詩文集·2》（第3版），第253頁。

〔註32〕周與良：《永恆的思念》，杜運燮等編：《豐富和豐富的痛苦》，北京：北京師範大學出版社，1997年，第161頁。

〔註33〕據2010年5月12日穆旦次子查明傳給筆者的郵件：該詩「工整寫在幾張8開白紙上，折疊成小方塊放在一牛皮紙信封裏，然後用圖釘釘在一個50年代由周叔弢拿來的木質掛衣架的圓盤底座的下面。」1980年代初，查明傳在清理該掛衣架時才發現此物。

《穆旦詩文集》，多半還是因為涉及到文革人事，因「其觀點的鮮明和言詞的犀利」〔註34〕而暫時不便發表——題材敏感性，家屬的戒備，個別知情人士的信息透露（主要是在海外媒介），這些都為晚年穆旦保留了某種話題性。但未刊手稿方面所出現的這種狀況，在現當代作家文獻的整理過程中，也屬常見現象，只是原因各不相同而已。

結　語

　　總體來看，中國現代作家文獻仍然具有較大的輯佚空間。較多集外文的存在意味著作家既有形象面臨著新的調整——穆旦集外文的較多發掘，既能豐富其形象，也能凸顯其與時代語境更為深入的關聯。其他作家集外文獻的較多發掘，此種效應也是相當之明顯，比如隨著沈從文現代時期較多集外文的發掘，將其與全集中相關文章細緻參讀，則可發現在那個「以《邊城》為中心觀照而得的沈從文『文學標準像』」背後，「還存在著另一個更多苦惱的現代文人沈從文」，而這，乃是「理解沈從文半生的『常與變』以至解放前夕的『瘋與死』之癥結」。〔註35〕

　　輯佚成果的較多出現也孕育了現代文學文獻學工作的新動向，顯示了地方性或邊緣性報刊之於文獻發掘、時代語境之於個人形象塑造與文獻選擇的意義，也能凸顯集體類文獻的權屬、特殊時代文獻的歷史認知等方面的特殊效應。這些工作涉及到現代文學文獻學的知識理念、操作規範諸方面的內容，無疑都是值得深入探究的。

〔註34〕何文發的《訪書錄》（刊載於〔香港〕《滄浪》，第 8 期，1997 年 10 月）在談到 1996 年版《穆旦詩全集》時曾提到，「長詩《父與女》，因題材敏感，未能收入」。陳林在《穆旦研究綜述》（《中國現代文學研究叢刊》，2001 年第 2 期）中，引述王自勉的《艱辛的人生‧徹悟的詩歌詩人穆旦》（刊載於〔美〕《世界週刊》第 804 期，1999 年 8 月 15 日），稱穆旦遺稿中有一首「因其觀點的鮮明和言詞的犀利，至今未能公開發表」的長篇敘事詩，雖未點明詩題，但很顯然即是《父與女》。筆者所見，為穆旦友人所寄的打印稿，並有巫寧坤寫的《後記》。

〔註35〕參見解志熙：《愛欲書寫的「詩與真」——沈從文現代時期的文學行為敘論》，《文學史的「詩與真」：中國現代文學文獻校讀論集》，北京：北京大學出版社，2013 年，第 1～4 頁。

捐贈、館藏與作家研究空間的拓展──從中國現代文學館所藏多種穆旦資料談起

　　隨著中國現當代文學研究的不斷推進，文獻資料的發掘也日益豐富、駁雜。各類原始書報刊的信息得到了反覆的檢索（毫無疑問，數字資源起到了越來越大的推動作用），舊書刊市場、網絡交易平臺以及由此衍生的個人收藏乃至個人性質的文學館也已得到研究者的較多關注，在文獻發掘中也扮演了越來越重要的角色。〔註1〕與此同時，公立機構在書報刊徵集、作家捐贈等方面所具有的特殊優勢仍值得大力申揚。即以中國現代文學館（以下多簡稱文學館）為例，該館「是國家級重點文化單位，是中國第一座、也是目前世界最大的文學博物館。」1981 年由巴金先生倡議建立，中國作家協會隨即著手籌建，1985 年初正式宣告成立，以「收集、保管、整理、研究現當代文學書籍及作家著作、手稿、書信、日記、錄像、照片、文物等資料」為「主要任務」。基於巴金先生的號召力、中國作家協會作為主管機構的權威性，文學館在作家相關資料的「徵集收藏」方面已頗具規模：「文學館現共有藏品 60 萬件，其中書籍 23 萬冊、手稿 22005 件、照片 16173 件、書信 25733 封、字畫 1887 副、文物 169330 件。對作家整批捐贈的文學資料，建立了以其姓名命名的文

〔註1〕比如，近年來引起較多關注的王秀濤對於包括第一次文代會在內的新中國初期文學制度方面的研究，即得益於山東中國文學藝術博物館所提供的大量原始材料。實際上，從 2017 年第 2 期開始，《中國現代文學研究叢刊》編輯部即與該館合作，推出了「第一次文代會檔案」等內容（王秀濤輯錄）。

庫。目前已建立的有巴金文庫、冰心文庫、唐弢文庫、張天翼文庫、周揚文庫、俞平伯文庫、丁玲文庫、夏衍文庫、阿英文庫、蕭軍文庫、姚雪垠文庫、蕭乾文庫、張光年文庫、劉白羽文庫和李輝英文庫、林海音文庫、卜少夫文庫、周仲錚文庫等中國大陸、港澳、臺及海外華人作家的文庫共 81 座。」此外，根據館藏，還編輯出版了《中國現代文學館館藏珍品大系》叢書等出版物。〔註2〕

相比於其他圖書館或者類似機構，文學館的最大優勢還不在於圖書總量，而在於其博物館屬性。根據文學館網頁「館藏通典」條目顯示，館藏被細分為十類：圖書、報刊、手稿、信函、書畫、實物、照片、特藏、視頻檔案和音頻檔案。除了一、二兩種為正式出版物外，其餘八種多屬非正式出版物（僅有少量被整理出來），因此，相當部分相關材料均屬作家集外文之列，且具有手稿學的意義，同時，鑒於相關材料多為作家們的捐贈，這對考察文壇生態無疑也具有重要的意義。

我注意到文學館館藏方面的新動向，首先還是因為兩次跟穆旦有關的展出：其一是 2009 年 11 月初文學館在「中國現代文學新史料的發掘與研究國際學術研討會」召開期間，展出了部分作家手稿，其中就有穆旦 1956 年發表的《不應有的標準》一文，儘管當時僅能完整地看到手稿的第一頁，但已可判斷是《文藝報》編輯的批閱稿。其二，根據 2015 年 11 月的「文學館藏九葉派文學名著版本輯錄」信息〔註3〕，注意到穆旦第一部詩集《探險隊》封面有題詞，但圖片分辨率低，無法辨認。及到 2018 年，藉著穆旦誕辰一百週年之際，著手修訂《穆旦年譜》（初版於 2010 年），深覺這些材料有必要補入，於是前往文學館查閱，不想在查實上述兩種材料之外，還有不少新的——完全可以說意料之外的發現。

統言之，文學館藏有穆旦各時期的著譯作品、數種手稿。與一般圖書館館藏不同的是，文學館保存了同一圖書的副本和各類重印本，這使得所藏穆旦圖書總量在 300 冊左右。穆旦早年詩集的藏有量均有數種，數種譯著的藏有量更大，如 1958 年版譯著《別林斯基論文學》，藏有量即多達 7 冊。手稿目前僅見 3 種，其中穆旦本人所寫為兩種，一種即前述發表在《文藝報》的

〔註2〕根據中國現代文學館主頁「歷史沿革」欄目的介紹。
〔註3〕根據中國社會科學網 2015 年 11 月 16 日所發布的信息，來源為中國作家網，作者為鄭敏。

稿子，另一種是從未見刊的翻譯稿。再有一種為王辛笛家屬所捐贈的《理想》一詩的抄稿。此外，還有少量相關材料，如穆旦家屬所捐贈的「作家墓碑照片」等。這些材料或顯示穆旦本人新的寫作與翻譯狀況，或浮現出穆旦與相關人士的交遊關係，或透露出相關捐贈者的文學素養與閱讀視野，均有進一步申說的必要。

書刊捐贈與作家交遊、文學傳播等方面的信息

文學館所接受的捐贈數量相當之大，如下僅以穆旦生前所出版的著譯作品為對象，計有 59 種，涉及捐贈者為巴金（15 種）、沙可夫（6 種）、汝龍（5 種）、賈芝（4 種）、薛汕、侯金鏡、周揚、嚴家炎（以上各 3 種）、馮至、胡風、艾青、袁可嘉（以上各 2 種）、穆木天、李健吾、羅大岡、康濯、秦兆陽、吳伯蕭、田仲濟、潘際坰、吳福輝（以上各 1 種）。59 種著作中標注了「簽名本」信息的有 17 種，其中 9 種是穆旦（查良錚）簽贈給巴金及其夫人蕭珊（陳蘊珍）的，從中可以看出，多半是譯著甫一出版，穆旦就簽贈，多是單獨簽贈，也有的是合簽。題詞多只是簡單的一句，也有的內容較多，比如，給蕭珊的 1954 年 3 月版普希金長詩《波爾塔瓦》，題詞為：「蘊珍：你在這本書上的勞苦也許不是白費的。因為這裡不只是一個老朋友的謝意，第三章中有幾段也許值得為你慰解。良錚　一九五四，三月·津·」。給巴金的 1954 年 10 月版《歐根·奧涅金》，題詞為：「巴金先生：謝謝你使這本書在這種譯法中得以出版。雖然，此刻，我對自己的能力不免感到慚愧。良錚　一九五四年底」。凡此，均浮現了穆旦與巴金夫婦的情誼以及穆旦本人對於譯著的某種心理和態度。

這些人物之中，馮至、袁可嘉等人與穆旦有過直接交道，最突出的一位無疑就是巴金。數據如此之多，自然得益於穆旦與巴金夫婦的實際交往。其交往始自 1940 年代中前期，1953 年初穆旦從美國回國之後，最初的十餘本譯著均是經由蕭珊之手，在巴金負責的平明出版社出版。巴金、蕭珊當時的通信對查譯情況多有談及，穆旦當時致蕭珊的信，以及日後蕭珊致穆旦的信、巴金與穆旦間的信，也都有部分保留了下來。從另一方面來看，這也得益於巴金捐贈給文學館頗為可觀的圖書總量。文學館闢有「巴金文庫」，藏書近九千冊，「都是經巴金先生親手整理之後」，「分十數批」「入藏中國現代文學館」的，「有五千六百餘冊為初版，初版本的二分之一強是書作者們的

簽名贈書。」〔註4〕上述部分信息已可見於「中國現代文學館館藏珍品大系‧書目卷」之《巴金文庫目錄》，但不知何故，該目錄所載部分信息目前在文學館的檢索系統中尚無法檢索到，如贈送給巴金的《探險隊》《穆旦詩集》，贈送給巴金夫人蘊珍（蕭珊）的《布萊克詩選》《普希金抒情詩二集》《文學原理（1）‧文學概論》《文學原理（3）‧文學發展過程》《雪萊抒情詩選》，等等。〔註5〕

換個角度說，上述簽名書的捐贈者亦即當年的受贈者及相關人士。不過也有些簽名本沒有這種直接的關聯。如穆木天的，為「穆木天」本人簽名，沙可夫的，為其妻子「岳慎」的簽名。

捐贈了穆旦早年的全部三部詩集的薛汕（1915～1999）與穆旦似亦無交道──穆旦曾在薛汕等人編輯的《新詩歌》第4號（1947年5月15日）發表詩歌《農民兵》，但三部詩集均無簽名信息，看起來應該不是穆旦贈送之物。不過，其捐贈物也值得單獨一說。所贈《探險隊》封面有「文學競賽劉善繼同學榮獲詩歌冠軍紀念　林元編贈　卅四年×月」字樣（按：月份無法準確辨認，看起來很可能是「一月」）。林元（林掄元，1916～1988）1942年畢業於西南聯大中文系，當時是西南聯大校園刊物《文聚》的主要編輯，《文聚》出至第2卷第3期（1945年6月）停刊之後，林元又與人創辦《獨立週報》（約在1945年11月），又闢副刊，名之為「文聚」。《文聚》和《獨立週報》都曾刊發過不少穆旦的作品，《探險隊》亦是1945年1月由文聚社出版，為「文聚叢書」之一──該叢書原計劃出版十種（其出版廣告可見於當時的多種報刊），但實際僅出版三種，另兩種為沈從文的《長河》（長篇）和卞之琳的《〈亨利第三〉與〈旗手〉》（敘事散文譯詩），林元本人的短篇小說集《大牛》以及馮至、李廣田等人的作品集均未能出版，可見當時的圖書出版存在不小的困難，亦可見穆旦的首部詩集得到了林元等人的更多看重──將這部新鮮出爐的詩集作為獎品贈送給文學競賽的詩歌冠軍獲得者，亦可視作是對於穆旦詩歌的肯定。日後，林元在回憶文之中亦是對穆旦多有讚譽。〔註6〕遺憾的是，查閱林元的敘述以及西南聯大文學活動的相關研

〔註4〕徐建輝：《後記》，陳建功主編：《巴金文庫目錄》，北京：文化藝術出版社，2008年，第328～329頁。

〔註5〕陳建功主編：《巴金文庫目錄》，北京：文化藝術出版社，2008年，第173、177、214、227、233、236頁。

〔註6〕林元：《一枝四十年代文學之花──回憶昆明〈文聚〉雜誌》，《新文學史料》，

究資料，並無 1945 年文學競賽的信息，也無從獲得劉善繼的有效信息，此次競賽、此獲獎者是否跟西南聯大直接相關，亦無法斷定。也即，此次行為原本顯示了穆旦詩歌傳播的別一種路徑，但路徑本身似已湮沒於歷史的叢林之中。

至於其他的捐贈者，不管是捐贈較多的沙可夫、汝龍、賈芝、侯金鏡、周揚、嚴家炎等人，還是僅一兩種的胡風、艾青、穆木天、李健吾、羅大岡、康濯、秦兆陽、吳伯蕭、田仲濟等人，目前均無法獲得其與穆旦交往的明確信息。比如汝龍（1916～1991），與穆旦相似，亦是能同時操持英文和俄文的文學翻譯家，1952～1953 年間曾任平明出版社編輯部主任一年，但與日後穆旦在平明所出版數種譯著應是沒有交集。

不過，從捐贈書籍來返觀原所有人當初的閱讀狀況，當是一個很有意味的角度，購閱同行的譯著，至少顯示了其對於同行研究動向的關注，但這方面的材料往往比較零散，較少見於公開的書評或學術論爭，而多散見於書籍上的批註或相關書信、日記等。這方面，穆旦本人的材料倒可提供參照。其所遺留下的藏書不算多，但也有不少當時的譯著，其中就有汝龍翻譯的高爾基著作《回憶安德烈葉夫》（平明出版社，1949 年 12 月初版，1954 年 2 月第 4 版）。在一些譯著上，穆旦留有閱讀記錄，比如在魏荒弩翻譯的涅克拉索夫著作《嚴寒，通紅的鼻子》一書（作家出版社，1956 年）的版權頁上寫有：「應譯為《紅鼻子的嚴寒》」。在藍曼翻譯的《馬爾夏克詩選》一書（新文藝出版社，1956 年）的扉頁上有批註：「枯燥，無味，而又裝作各種花樣。毫無一絲人情味，毫無感情。完全是用腦袋寫詩。」在 1954 年 6 月 19 日致蕭珊的信中，穆旦也談到了對於卞之琳翻譯拜倫詩歌的看法。而在 1963 年，穆旦還公開發表長文《談譯詩問題——並回答丁一英先生》（《鄭州大學學報》1963 年第 1 期），對「譯詩應該採用什麼原則的問題」進行了討論與辯駁。凡此，均顯示了翻譯家穆旦與同時代的翻譯行為之間的關聯。返觀諸位文學家、翻譯家們所捐贈的書籍，他日若有機會仔細翻閱，並結合相關材料，亦或能連綴成篇，獲得一些關於彼一時代的人物、文學與翻譯活動、時代語境等方面的看法。

書刊之外，王辛笛家屬所捐贈的穆旦晚年詩作《理想》的抄稿也可說是

1986 年第 3 期。

傳播的一種重要方式。經辛笛女兒王聖思教授的辨認，此抄稿非辛笛本人所抄，暫時也無法辨認是誰的手跡。〔註7〕比照穆旦的原稿，此抄稿未見異文，版本學的意義不彰顯。但就穆旦與友人的交往以及穆旦詩歌的傳播而言，也有其意義。

目前有信息表明在 1947 年、1954 年、1959 年，穆旦與辛笛有明確的來往關係〔註8〕，此後則無聯繫。《理想》為穆旦晚年詩作，現存穆旦晚年致近十位友人（非親屬）的信，其中部分談到了晚年寫作的情況，抄錄了當時的一些詩作。王佐良論及晚年穆旦時，稱「朋友們手裏流傳著他的手寫稿」〔註9〕，儘管相關信息暫時只能闕如，但此一抄稿應能顯示穆旦詩歌傳播的效應。

另有信息表明，2004 年辛笛逝世之後，「因其與中國現代文學館有著深厚友誼，他的子女遵照老人生前遺願，將近 17000 多件珍貴的文物文獻資料無償捐贈給了中國現代文學館。」〔註10〕目前，辛笛的相關資料亦在逐步整理、披露中，新近披露的即有杜運燮 1980 年致辛笛的信，其中多涉及《九葉集》的出版以及友人們對穆旦詩作的推介、發表、收錄等方面的情況。〔註11〕可以想見，隨著更多材料的整理，包括穆旦在內的更多人物與歷史語境（特別是新時期以來「九葉詩派」如何成型的問題）的研究將能得到進一步的推進。

手稿的三個向度，手稿（再）發掘的意義

署名良錚的《不應有的標準》一文，2006 年版《穆旦詩文集·2》首次收錄入集。所見手稿未標注捐贈者，為 25×20 的方格稿紙，豎行書寫，共 9 頁。稿紙本身也未印單位名稱，但有幾頁的右上端有「文藝報」字樣，正文則有大量修改的痕跡。細察之，修改有兩類：一類是《文藝報》編輯的批註；另一類則是穆旦本人的修改。綜合來看，應該是當初穆旦向《文藝報》投稿

〔註7〕據 2018 年 10 月 7 日，王聖思致筆者的郵件。

〔註8〕易彬：《穆旦年譜》，北京：中國社會科學出版社，2010 年，第 103 頁、152 頁、186 頁。

〔註9〕王佐良：《論穆旦的詩》，穆旦著、李方編：《穆旦詩全集》，北京：中國文學出版社，1996 年，第 7 頁。

〔註10〕根據《現代文學館紀念王辛笛誕辰百年》報導，《新京報》，2012 年 10 月 17 日。

〔註11〕王聖思整理：《1980 年杜運燮致辛笛書信》，《點滴》，2018 年第 3 期。

之後，編輯對稿件進行了批閱和刪改，並反饋給了穆旦本人，然後，穆旦又進行了一定的文字增補和說明。也是就說，這份原始手稿包括了三個向度：最初稿、編輯批閱稿和穆旦的反饋稿。《文藝報》所發表的——也即在目前通行的穆旦作品集中所看到的，算得上是最終的改定稿，不過，仍有少許文字的改動。

《不應有的標準》所針對的是關於天津相聲作者何遲的《買猴兒》的相關批評。根據《文藝報》1956 年第 10 期所載《關於相聲〈買猴兒〉的爭論》（署名本刊記者），1954 年 11 月《買猴兒》初刊《瀋陽日報》之後，曾在數家刊物發表，出版單行本，並在多個電臺廣播，影響很大。《文藝報》從第 10 期開始設討論專欄「怎樣使用諷刺的武器？——關於相聲〈買猴兒〉的討論」，旨在「通過對《買猴兒》這個爭議很多的作品，聯繫到如何創作和評價諷刺作品的問題，來展開自由討論。」該專欄一直持續到第 15 期。總體來看，這是一次相對自由而成功的討論，共發表討論文章近 20 篇，參與討論的作者範圍很廣泛，包括相聲界人士、知名作家、漫畫界人士、作者以及一般性的讀者，如老舍、侯寶林等。《文藝報》第 10 期即有孫玉奎的《試談相聲〈買猴兒〉的誇張手法》、匕戈的《相聲〈買猴兒〉有嚴重的錯誤》、丁洛的《略談相聲〈買猴兒〉》等文。

其時的《文藝報》為半月刊，第 10 期的出刊時間為 5 月 30 日。穆旦的《不應有的標準》一文所署寫作時間為 6 月 11 日，於本月 30 日所出版的第 12 期的討論專欄刊出，算是較早即參與討論的文字。其所針對的即第 10 期所載 3 篇論文，其核心觀點是，這 3 篇文章「使用了一些對相聲來說成為疑問的標準」：「由於反映的對象、方法和媒介（或材料）的不同，而有藝術的不同類型。」相聲本質在於：「以荒誕及誇張的材料獲得生動、活潑、鮮明性的可能」，但「在嚴格的生活邏輯方面，在全面、細緻而現實地反映生活方面作出一定的讓步」。以此衡量，《買猴兒》是「有意」誇張，它沒有糟蹋、誣衊現實社會，所尖銳諷刺的是「官僚主義和馬大哈」。而這幾篇文章，要麼不瞭解「相聲的藝術的特點」；要麼不知道相聲如何處理「特有的『真實性』和『嚴肅性』」；要麼「把生活的真實與藝術的真實等同起來」，取消了「藝術的真實」。這樣的「標準」是「不應有的」。

《不應有的標準》的手稿自然有更多的信息。鑒於篇幅，這裡無法全面展開討論，僅擇要述之。編輯對於穆旦來稿的處理，多的是字詞、標點的細

微調整，有好幾處為大段增刪。比如開頭部分，即有段落被直接刪除：

【看了文藝報第十期『對於相聲《買猴兒》的討論』中孫玉奎、匕戈和丁洛三同志的評論後，使我對各論文中所持的標準生出一些感想，想寫在下面，就正於讀者。】

我們都知道，藝術是一種生活反映；由於反映的對象、方法和媒介（或材料）的不同，而有藝術的不同類型。因此，藝術既有一般的法則，概括整個的藝術領域；也有特殊的法則，就是只適用於各個類型的法則。

【舉個例說，悲劇和喜劇同是戲劇，自然同受戲劇的一般性法則所控制，但同時，它們又是不同的類型，有其各自的特殊的法則，因此，在這種地方就不能以悲劇的法則去衡量喜劇或以喜劇的法則衡量悲劇。我想這是極為普通的道理，無需多贅的。】

按照這個道理，在評論作為藝術類型之一的「相聲」的時候，我覺得首先應該確定的是，「相聲」是怎樣的一種藝術類型，它的特徵應該是什麼，也就是說，是哪一些特徵使得它有獨立存在的價值，不同於別種類型──例如喜劇──的。

（圖例說明：編輯所作刪除：【×××】；編輯所作替換：【×××】×××；編輯所作補入：×××；作者所作補入：*斜體*。所有涉及修改的文字均加粗處理，下同。）

第一段為套話，且所提到的三人評論隨後即出現，刪去屬正常。但隨後刪去關於悲劇和喜劇屬「不同的類型」、「有其各自的特殊的法則」的觀點，似無必要。又如：

孫玉奎同志只在理論上允許誇張，而作品一進入誇張的時候，他立刻就要以「過火」來制止，*因為他所害怕的，是相聲情節的不真實。他把生活的真實和藝術的真實等同起來。請看他所贊成的誇張是什麼呢？*……「例如：香油漆桌子，桐油炒菜，」恐怕才是誇張，才是相聲的精彩【的噱頭】之處【，】。可是孫玉奎同志卻要制止這些。現實中【也許不會】已經有過桐油炒菜【、】的事，香油漆桌子【的事情，這一細節雖無他所謂的真實性，但卻】雖未聽說，但在相聲中，這樣的細節完全可以寫，有現實的意義，因為它以奇幻的形式突現了貼錯標籤這件事的惡劣後果。

編輯將「也許不會」改為「已經」，並用「完全可以寫」這樣的措辭來明確相聲對於「細節」的處理，穆旦本人則進一步補充了關於「生活的真實和藝術的真實」的內容。兩相綜合，論述邏輯更為合理。又如：

我們笑得越是多，對反面現象就越是不利；對相聲來說，所謂「熱情的」、「憤懣的」諷刺和「新與舊的鬥爭」的積極性不正包含在這裡面嗎？【又有人要相聲中的生活材料（亦即它的媒介或體現形式）具有嚴格的生活邏輯，周密而全面，從而可以更好地、現實地反映現實。我不否認這種可能性，不過，恐怕那就是以別種藝術的標準來衡量它了，結果會不會為了改正所謂「缺點」，而取消它的形式特具的優點，使它變得非驢非馬呢？】我記得蘇聯某作家說過，他不相信有所謂「嚴肅的笑」，這句話【會】多麼確切地答覆了人們給相聲提出的錯誤標準呵！是的，別讓我們作「嚴肅的笑」吧，因為那是笑不出來的！

與開頭段落中關於悲劇和喜劇「有其各自的特殊的法則」被刪去的情形相似，此處所提到的關於「生活的真實」（「嚴格的生活邏輯」）以及「別種藝術的標準」的說法被刪去，對原有的批評話語似有窄化之勢。又如結尾：

我們在批評相聲的時候，還應該注意一點，就是：它是一種舞臺藝術，不能只就文字批評它，須要使它呈現在舞臺上，才能獲得它的全貌。善於說相聲的人，知道把真的地方說真，把荒唐的地方以動作、表情和語調的幫助把它說假，這樣，就會使聽眾完全意識到哪兒真，哪兒假，哪兒嚴肅，哪兒逗趣，不致顛倒黑白。只看印成文字的相聲，在這方面是受到損失的。

六月十一日於天津

【不過，如前指出，何遲同志在這一相聲的編寫上，已經盡可能以他的藝術手法來突現他所要諷刺的目標，並擯除了其餘的東西。這是一篇角度成功的相聲，「馬大哈」名字的流傳就是一個證據。】

【編輯同志：

謝謝你的意見。我已找到「買猴兒」細讀並補寫了一些意見，補寫的部分似與題目不夠切合，但也不想改題了。如覺補寫部分多

餘，可以刪去。

此致

敬禮

查良錚　十一日】

最末關於「編輯同志」的部分，可明確見出是穆旦在收到編輯批閱稿之後所寫的說明文字，原本就不在正文範圍之內，理應刪去。但刪去之前關於《買猴兒》「是一篇角度成功的相聲」這一結論性段落，而讓全文止於「……在這方面是受到損失的」，卻是在某種程度上淡化了穆旦寫作此文的用意。

還可提出的是，原稿倒數一、二兩段間是連貫的，未見空行，而且原稿均是逐格書寫，「六月十一日於天津」這幾個字卻是插寫在兩行之間、稿格之外，因此，可以判斷該落款是文稿最終修訂完成之後添加上去的。以此來看，此文的實際寫作時間比原先認定的「6 月 11 日」更早——又根據手稿首頁右下端的兩行蓋印的時間「1956 年 6 月 8 日」和「1956 年 6 月 13 日」，大致應該是穆旦在讀到 5 月 30 日出版的第 10 期之後，旋即寫稿、投稿，8 日編輯給出批閱反饋稿，穆旦於 11 日定稿，編輯於 13 日收稿，整個過程非常之緊湊、快捷。

提出此一時間細節自有其意義。此前，我曾結合此文的寫作而提出時代語境對於穆旦的激發。大致情況即是，1953 年初穆旦回國之後很長一段時間之內，僅以本名「查良錚」或「良錚」發表翻譯（譯介）文字，未見詩作發表；且很快即遭遇「外文系事件」「肅反運動」等政治層面的打擊，對時代語境多有警惕。此一狀況隨著 1956 年上半年「雙百方針」的提出而改變，《不應有的標準》一文的寫作即肇示了「穆旦」在新中國重新出現的信息：「從篇名到對諷刺藝術的強調再到對幾篇文章的批評，穆旦都沒有施用任何曲筆，這透現了他對於時代語境的理解：這樣一種直接的表達方式能被時代所接納——一如《文藝報》號召『展開自由討論』，時代已經是自由的；參與討論的較多作者的自由文風無疑也能加深他對於時代的理解。」隨後，以「穆旦」之名發表「九十九家爭鳴記」「平衡把我變成了一棵樹」「有多少生之呼喚都被淹沒」一類詩作，均顯示了相對寬鬆的時代語境對於穆旦寫作的激發效應（更多討論，參見本書第四輯第一篇）。由此返觀《不應有的標準》一文的寫作時間——穆旦對於「自由討論」的不同尋常的快捷反應，實可謂進一步外化了穆旦對於時代語境的感知。

　　現當代作家的手稿歷來是一個受到關注的現象，重要作家如魯迅的手稿即已得到非常深入的研究。〔註12〕在現今舊書交易市場、網絡交易平臺，作家手稿更是受到各路藏家和研究者的熱捧。〔註13〕有學者呼籲：「現代文學研究領域內作家手稿研究的日益勃興，使得『建立現代文學研究的手稿學』的提出成為必然。」進而認為，提出此一概念，「其目的不僅僅是為了提供一種研究的視野和方法，而且是為了建立一門一級學科下的二級學科。」〔註14〕現代文學手稿史的（學科）概念能否最終成型，自有待更長時間的檢驗，但從目前情形來看，手稿學從理論到實踐都有相當多的工作需要進一步的展開。

　　即如《不應有的標準》所示，《文藝報》編輯對於原稿的批閱，總體來看並沒有太多出格之處，未改變穆旦的寫作意圖，但繁密的小改動和多處大段刪改終歸顯示了編輯對於作者寫作的較大程度的參與。廓大到當代文學的發展來看，編輯參與作品修改——參與文學的生產過程是一種非常普遍的行為，重要作家和重要作品的例子並不少見，而相關文獻距今尚不算太遠，現今存世的類似具有多重向度——多重歷史效應的手稿當不在少數，廣泛搜羅，細加剔索，當能引出很多關於作家寫作、文學生產、時代語境等方面的話題來。

翻譯手稿、穆旦的翻譯者形象以及譯稿的處理

　　相較於具有多個向度的《不應有的標準》手稿，穆旦的長篇譯文《〈父與子〉和六十年代的文學及政治的鬥爭》只是一般意義上的文本手稿。此稿也是巴金所捐贈，其首頁有「附錄二」字樣，但此前未見面世，也從未見諸穆旦家屬及作品整理者的相關文字——讀秀學術檢索也僅僅顯示唯一的一條信息，即舒乙曾談及巴金所捐贈的四份手稿——1997年，巴金「在家中找出四份保存了半個世紀的手稿，託人帶到北京，鄭重地交給現代文學館保存。」「四份手稿都不是他本人的，是替別人保存下來的。」查良錚譯稿「譯自俄

〔註12〕魯迅手稿歷來受重視，已有一批相關出版物，最新動向則是「《魯迅手稿全集》文獻整理與研究」列入2012年度國家社科基金重大招標項目，上海魯迅紀念館館長王錫榮擔任首席專家。

〔註13〕實際上，基於電腦寫作日益普泛、手寫稿近乎絕跡的現狀，圖書出版附印（贈）手跡冊子（影印本）的現象已較多出現；同時，基於某種商業目的，作家重抄當年的文稿用以出售的情形也已不在少數。

〔註14〕趙獻濤：《建立現代文學研究的「手稿學」》，上海魯迅紀念館編：《上海魯迅研究2014年‧秋》，上海社會科學院出版社，2014年，第25頁。

文，原作者叫畢阿雷。稿子很長，520字的稿紙有24頁之多。譯於1949年，是屠格涅夫《父與子》一書的附文。」〔註15〕

《父與子》為屠格涅夫的長篇小說，相關譯本不少，巴金本人的譯本即有多版。但循此線索，查找巴金本人所譯屠格涅夫《父與子》的各個版本，並未見此一附錄。巴譯《父與子》的最早版本為文化生活出版社1943年版，該版早於翻譯時間，自可忽略。之後則是平明出版社1953年版和人民文學出版社1955年版。前者未見附錄，後者有附錄，但均為屠格涅夫本人的相關文字（且這些附錄也不見於人文社1978年和1993年版）。〔註16〕以此來看，「附錄二」可能並非指中文譯本的附錄，而是指原書的附錄。

還值得注意的是落款，多有塗改之處，初看之下，該稿似是1949年翻譯，前述舒乙的文字即是如此認定。但仔細比對，這段文字應該是：「──從一九四九年莫斯科國家文藝書籍出版局俄國長篇小說叢書版《父與子》中譯出　（查良錚譯）」。也就是說，此稿並非譯於1949年，而是依據1949年俄文版譯出。實際上，1949年的穆旦，其俄語程度如何還是一個問題。儘管有資料表明穆旦在西南聯大時期就隨俄國教授葛邦福（Gapanovitch）以及劉澤榮先生學習過俄語〔註17〕，但目前沒有確切材料表明穆旦1949年就已熟練掌握俄語並能進行長篇翻譯。〔註18〕真正學成應該是 1949 年至1952 年在美國留學學習期間。而且，也沒有資料表明穆旦留學期間與巴金夫婦保持聯繫，他們重新建立聯繫，已是1953年初回國之後。〔註19〕因此，

〔註15〕 舒乙：《巴老再捐四份手稿》，《大愛無邊》，桂林：灕江出版社，2004年，第334～335頁。按：另三人為孫毓棠、俞銘傳和曾卓。

〔註16〕 感謝上海巴金紀念館周立民先生提供的相關版本資料。

〔註17〕 趙瑞蕻：《南嶽山中，蒙自湖畔》，杜運燮等編：《豐富和豐富的痛苦》，北京：北京師範大學出版社，1997年，第178～179頁。

〔註18〕 穆旦同學趙清華在《憶良錚》中談到1946年穆旦在瀋陽籌辦《新報》之初，「幾次與駐紮在東北的蘇聯盟軍聯歡。良錚已自如地操著俄語和他們交談」，見杜運燮等編：《豐富和豐富的痛苦》，北京：北京師範大學出版社，1997年，第196頁。但根據穆旦本人1955年10月所填寫的《履歷表》，「懂得何國或何族語文」一欄，所填內容為「英文，曾作過口譯」，「俄文，只能筆譯」。以此來看，友人的回憶似不確。

〔註19〕 穆旦妻子周與良的回憶記載了 1953 年初回國時，途徑上海與蕭珊見面的情形，其中提到蕭珊「很驚奇」穆旦「準備翻譯俄國文學作品介紹給中國讀者」，見周與良：《懷念良錚》，杜運燮等編：《一個民族已經起來》，南京：江蘇人民出版社，1987年，第132頁。

可以推斷此譯稿是 1953 年之後譯出，具體為何時，是穆旦主動翻譯，還是源自巴金的約稿，而此稿何以又被棄置不用，相關記載闕如，目前均無法確斷。

《〈父與子〉和六十年代的文學及政治的鬥爭》一文為 Г. А. 畢阿雷所作。屠格涅夫的《父與子》為 1862 年初次發表，該文所稱「六十年代」即指 19 世紀 60 年代，一個「歷史的轉變期」，「在六十年代的批評及政論文字中，所謂『老一代』和『年青一代』（『父』與『子』）這些概念有其一定的政治的含義。前進的政論家們講到『老一代』時，他們是指反動的或自由主義的，贊助過時的貴族觀點的那些人們。當他們把『年青一代』作為和『老一代』對立的人物提出來時，讀者們也立刻瞭解他們所指的不僅是年青的人，而且還指新的社會力量，那些和貴族陣營鬥爭的平民民主主義者。因此，父與子的小說名稱就透露了：它的主題是描寫舊的貴族觀點的擁護者和年青的平民民主主義者之間的鬥爭。」此文主要是評述圍繞《父與子》所發生的種種爭論。其中既有處於「自由主義陣營」的屠格涅夫與車爾尼雪夫斯基、杜勃羅留波夫等人為首的革命民主派之間的爭執與分歧——「屠格涅夫儘管在觀點上和車爾尼雪夫斯基及杜勃羅留波夫有所分歧，他對他們無疑地感到一種吸引力，就好像對自我犧牲品的英雄戰士一樣。」也有「反動的統治集團的陣營」以及「有些屠格涅夫的民主主義的友人」對於小說的「責備」。「屠格涅夫對於自己的主人公的兩面看法——深刻的敬佩和意見的歧視」也沒有逃過「銳利的批評家的眼睛」，並被用作與車爾尼雪夫斯基在他著名的小說《怎麼辦？》中所塑造的「革命民主主義的青年們」（即「新人」）相比較而被認為是「確實做得不夠的」——「然而，這並沒有影響屠格涅夫的歷史的功績」，「在《父與子》中表現了『新人』的偉大的道義力量和動人的品質，使這本小說有力而真實，成為俄國古典文學中卓越的著作之一。」

就屠格涅夫及《父與子》的評價而言，此文今日看來似已無新意，但就穆旦的翻譯而言，也還是可以結合其他譯品提出看法。此文雖是各家觀點的評述，但總體上還是傾向於車爾尼雪夫斯基、杜勃羅留波夫這些著名的革命民主派人物，在穆旦的譯品中，還另有一位俄羅斯革命民主派批評家的作品，即《別林斯基論文學》。「別、車、杜在當代中國的命運」是一個重要的話題。據夏中義在 1980 年代後期的觀察與分析，「從建國初到『文革』

前的十七年間，沒有哪位西方美學家能像別、車、杜那樣深刻而廣泛地影響我國的文學思潮及政策；而後來，也沒有哪個西方美學流派竟如別、車、杜那樣被十年動亂蠻橫地釘在恥辱柱上。在如此大起大落之後，在『對外開放』、各色西方美學新潮紛至沓來的今天，曾在我國獨樹一幟的別、車、杜卻反而淡泊落寞，這更耐人尋味。」更具體到十七年間，「文壇似乎是在 1956 年才正式發覺別、車、杜的巨大價值的」，即隨著「雙百方針」的頒布，「以高揚別、車、杜為前導的全國討論不過是個信號，其實質是醞釀一次不大不小的文藝政策調整，亦即在堅持毛澤東文藝方向的前提下作局部性的美學修正。」〔註 20〕以此來看，儘管穆旦的這篇未刊稿的具體翻譯時間尚難確定，但這些對於出版時間非常切近的俄語著作的翻譯行為〔註 21〕構成了「別、車、杜」在當時中國的迴響，也顯示了翻譯者穆旦對於當時佔有顯赫地位的美學潮流的積極應和。

但由此所關涉到的穆旦各類譯稿的處理問題卻可一說。目前收錄穆旦譯文最為齊全的《穆旦（查良錚）譯文集》（8 卷本）為非全集式的處理方式，所輯錄的均是新中國成立後翻譯、且已結集出版或大致成型的文學作品，但《別林斯基論文學》不在此列，另一種當時已結集出版且多次重印、影響很不小的《文學原理》（季摩菲耶夫著）也被遺棄——看起來，譯文集的編撰者著意展現了穆旦作為「翻譯了大量的西方文學名著」〔註 22〕的譯者形象，而擯棄了那個趨近主流文藝話語、契合時代需要的文學理論譯介者形象。

各類零散的譯作也是一律未錄。統合近年來數位學者的發掘材料，穆旦零散的譯作至少已超過十種，字數至少當有數萬字。學界此前已經整理穆旦翻譯的文學類作品，即路易・麥克尼斯（Louis MacNeice）、麥可・羅勃茲（Michael Roberts）、臺・路易士（C. D. Lewis）、〔印度〕太戈爾、愛略特、〔美〕勃特・麥耶斯、〔印度〕阿里・沙爾特・霞弗利、〔匈牙利〕班雅敏・拉斯羅等人的詩文作品，並敘及其所參與翻譯的《美國南北戰爭資料選輯》。

〔註 20〕 參見夏中義：《別、車、杜在當代中國的命運》，《上海文論》，1988 年第 5 期。按：此文後收入多種重要選本，如王曉明主編的《二十世紀中國文學史論・第 3 卷》（東方出版中心，1997 年）、陳思和主編、王進編選的《中國新文學大系 1976～2000・第一集》（上海文藝出版社，2009 年），等等。

〔註 21〕 《別林斯基論文學》從 1954 年版《俄國作家論文學著作》中譯出，《譯後記》作於 1956 年 1 月，1958 年 7 月由新文藝出版社出版。

〔註 22〕 語出《出版說明》，查良錚譯：《穆旦（查良錚）譯文集・1》，北京：人民文學出版社，2005 年。

新近則有學者發現了穆旦翻譯、1944 年上半年發表的數篇時事類材料，如《美國人眼中的戰時德國》《法國的地下武力》等〔註23〕，這與穆旦稍早的中央政治學校的新聞學院學員的身份正相吻合。這些零散的譯作之中，前三者已被收入 2011 年版《穆旦作品新編》〔註24〕，但 2020 年新版《穆旦（查良錚）譯文集》基本上即 2005 年初版的重印，上述兩部譯著和零散譯作均未收錄，可見穆旦作為翻譯家的整體形象、其翻譯與時代語境之間更為內在的關聯，尚有待進一步的聚合。

此外，還有一點可待進一步的追索。此手稿由巴金捐贈，巴金是著名作家，也是一位長期從事文學出版事業、有著廣泛影響力的文學活動家，其經手處理和保存的文本手稿數量龐大，對相關人物往往也有著獨特的意義。〔註25〕包括報刊和出版社編輯、文學活動策劃者和組織者在內的文學活動家往往藏有豐富的文獻資料，近年來，我對晚年彭燕郊的文學活動做了比較系統的清理，對此即頗多感受。彭燕郊雖非出版中人，但從 1980 年代初期以來，他積極籌劃、組織乃至主編數套外國文學翻譯叢書（刊），與文藝界、翻譯界人士廣泛聯絡，存有大量的書信和其他材料，這對於認識相關人士的文學行為、新時期以來的文化語境（特別是外國文學的譯介工作）都有特別的效應。〔註26〕廓大來看，各類文學活動家多有作家交遊、寫作等方面的線索，而其所存留的各類作家文獻資料亦當有很大的發掘空間，值得持續深入的關注——但此事亦面臨著特殊的難度，考量近年來的一些相關出版物，如著名出版人范用所存作者來信，先後輯成《存牘輯覽》《范用存牘》（生活·讀書·新知三聯書店，2015 年、2020 年），前者錄 375 封，後者錄 1800 餘封，效應自是非常明顯，但此類資料獲尋和整理的難度原本就

〔註23〕參見司真真：《穆旦佚文七篇輯校》，《新文學史料》，2018 年第 4 期；王岫廬：《穆旦時論翻譯佚作鉤沉（1943～1944）》，《中國現代文學研究叢刊》，2019 年第 4 期。

〔註24〕穆旦著、李怡編：《穆旦作品新編》，北京：人民文學出版社，2011 年。

〔註25〕即以巴金所捐贈包括穆旦的長篇翻譯手稿在內的四份手稿為例，孫毓棠的手稿兩頁，是一本最終未見出版的新詩集的自序；曾卓的手稿 61 頁，是一部連自己都早已忘記、「感到茫然」的早期詩集手稿，這對認識兩位作者早年寫作行為無疑均有特別的價值。見舒乙：《巴老再捐四份手稿》，《大愛無邊》，桂林：灕江出版社，2004 年，第 334～335 頁。

〔註26〕參見易彬：《晚年彭燕郊的文化身份與文化抉擇——以書信為中心的討論》，《中國現代文學研究叢刊》，2015 年第 3 期。

不小，而從舊書市場和網絡交易平臺的信息來看，文學活動家的資料流入坊間早已非個案。這些資料頗受藏家追捧，但資料被拆整為零、且多落入藏家手中，這為研究者的資料利用、整體性研究視野的獲得都平添了更多的難度。

餘論　關於「文獻工作的協作機制」

如上所述穆旦的各種資料均由他人（而非家屬）所捐贈，儘管這在中國現代文學館的全部館藏中僅占極小的比例，但它們均是不見於他處、也不（少）被提及的新文獻，或能直接揭示穆旦的諸種狀況，或能昭示相關人事、文學傳播等方面的多種可能性，充分體現了相關捐贈物所具有的獨特的歷史效應，亦可見出公立機構在作家文獻保存方面所具有的天然優勢。據此，有理由相信文學館所藏其他作家的文獻，亦能在不同層面拓寬作家研究的空間。

而從中國現代文學文獻學知識理念興起的歷史脈絡來看，「作為現代文學資料─檔案中心」的中國現代文學館也還具有獨特的話題意義。早在 2003年 12 月清華大學召開的現代文學文獻問題的座談會上，與會者所達成的 8條共識之中，第 4、5 兩條均涉及「文獻工作的協作機制」，且明確提到了中國現代文學館：

> 四、與會者認識到現代文學文獻的搜集、整理和刊布是一項牽涉面很廣的公共工程，不僅需要現代文學研究界的不懈努力，還有賴於健在的作家及其家屬和各級圖書館、檔案館系統的支持，需要學術基金組織和各級政府的財政扶持，以及私人收藏家的慷慨奉獻和出版界的大力參與。因此與會者呼籲各界人士加強協作，尤其期望各級圖書館、檔案館系統打破封閉和壟斷，以積極開放的態度協助現代文學文獻的搜集……

> 五、與會者一致同意並呼籲首先在現代文學學科內部建立起文獻工作的協作機制，即各高校現當代文學學科點與各科研機構如中國現代文學館、中國社會科學院文學研究所、魯迅博物館等之間建立文獻信息的互通─共建─共享關係，群策群力，分工協作，合力建設，資源共享，以推動現代文學文獻的搜集、整理、存檔、發布工作，並爭取使這種協作關係制度化、數字化。為此，希望作為現

代文學資料—檔案中心的中國現代文學館能承擔現代文學文獻資料的集中、存檔及其數字化和查詢服務，並在經費和物質條件上提供必要的支持。〔註27〕

第 4 點提到，希望包括「私人收藏家」在內的各類人士與各級機構能助力現代文學研究，對照前述關於舊書交易和私家收藏的狀況，這一點仍有重提的必要。第 5 點則是希望現代文學學科點與各科研機構能「建立起文獻工作的協作機制」，中國現代文學館則被賦予了更多的功能。

如本文開頭部分所述，中國現代文學館在書刊徵集、接受捐贈方面具有獨特的優勢，也根據館藏整理出版了一批文獻類著作，但從更寬泛的意義上說，這種特殊優勢至今似乎尚未在學界引起足夠多的重視，相關文獻的利用率還比較有限。當然，這只是一個大致的說法，也可能只是我個人的體會——實際上，我就是因為此次搜集、整理文學館所藏穆旦相關文獻才對館藏情況、相關制度以及文獻數字化等方面有了更多的瞭解，但從這半年來我與一些研究者的交流來看，大家對於此方面的情況顯然都還不甚了然。因此，我很願意藉此機會，重提十多年前諸位現代文學研究界前輩的積極共識與熱切呼籲，希望中國現（當）代文學學科內部、外部間能真正（加快）落實「文獻工作的協作機制」，並「使這種協作關係制度化、數字化」，諸如中國現代文學館這樣的公共機構能建立起更為有效、更為開放的公益查詢與服務機制，以更好地惠及學林。

而且，中國現代文學館的館藏量還在不斷增加，而研究者個人的精力終歸有限〔註28〕，也希望更多的研究者關注文學館的館藏情況，希望更多的研究者投入到這項文獻整理的工作中來。

〔註27〕解志熙：《「中國現代文學的文獻問題座談會」共識述要》，《中國現代文學研究叢刊》，2004 年第 3 期。
〔註28〕前述辛笛材料的整理者、其女兒王聖思教授表示，「現代文學館在保存書信原件的同時，將掃描件刻錄成光盤」寄給了她，但她也只可能「將其中極小部分整理出來」。見王聖思整理：《1980 年杜運燮致辛笛書信》，《點滴》，2018 年第 3 期。

附錄　手稿圖片與釋文

（一）《不應有的標準》手稿圖片與釋文

1. 手稿圖片（完整，共9頁）

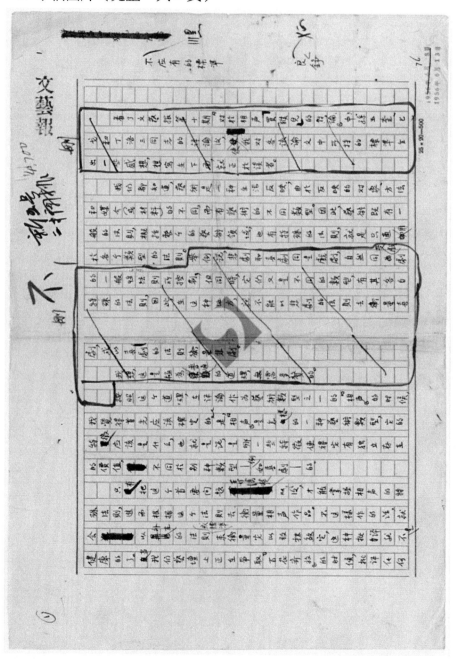

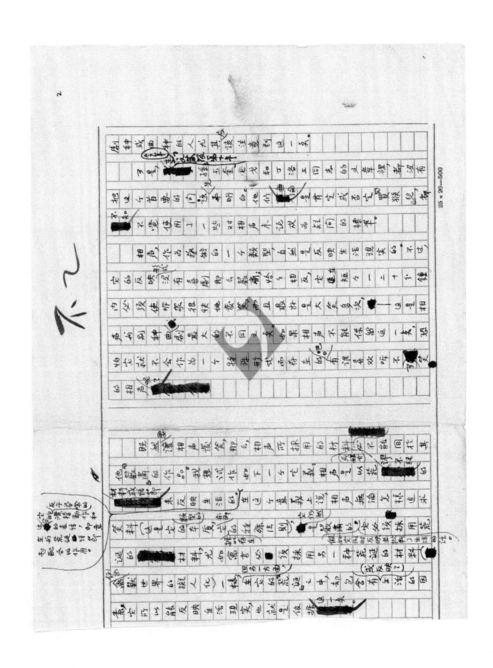

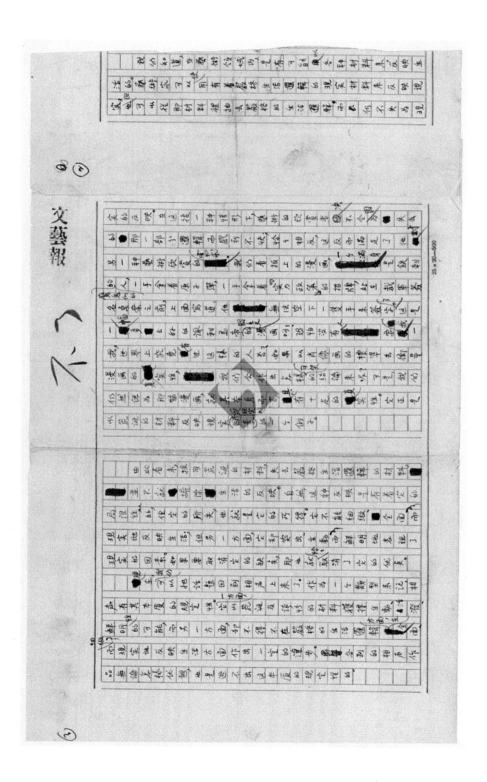

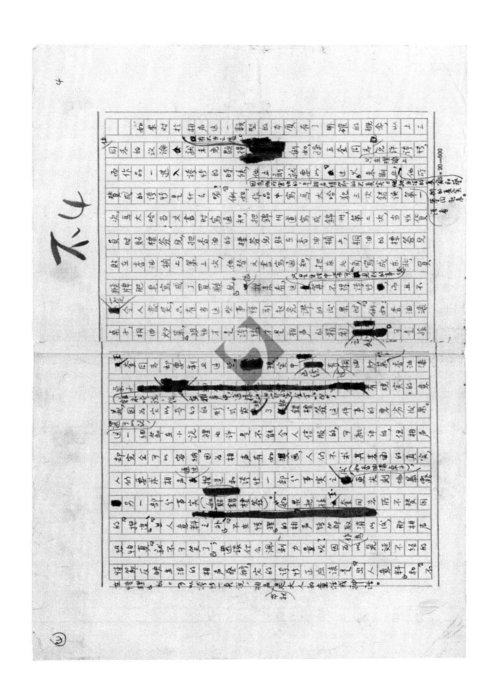

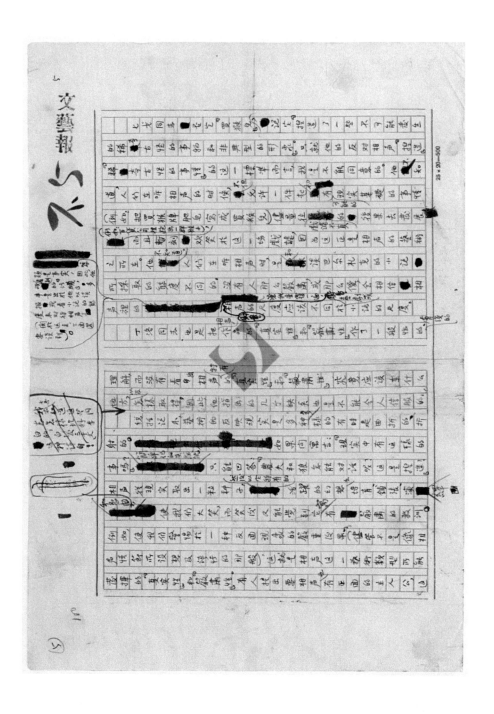

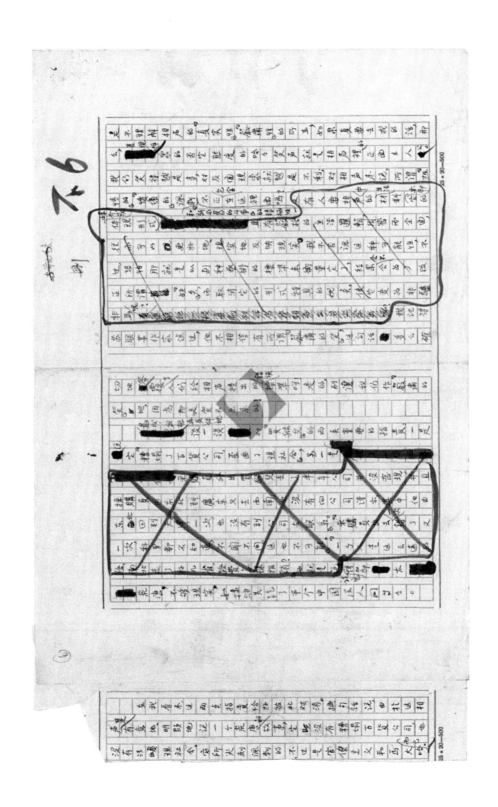

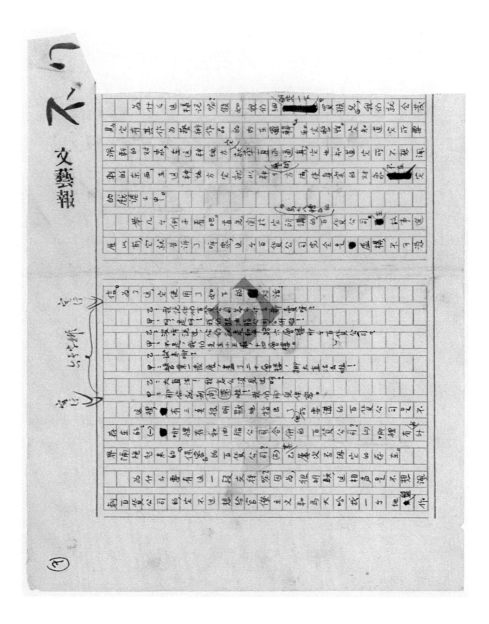

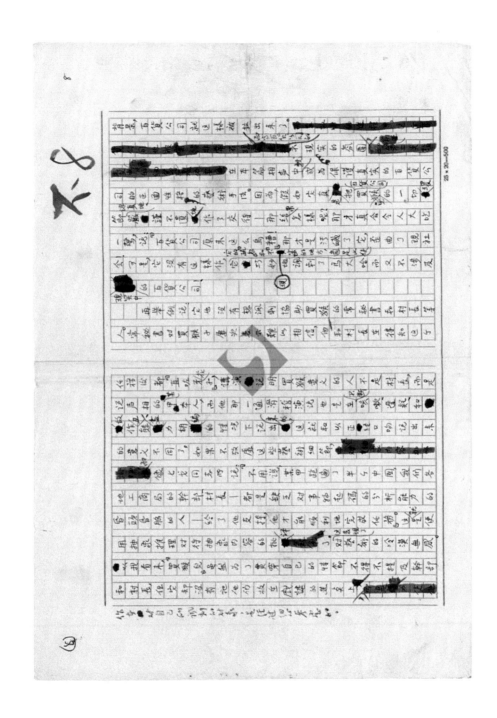

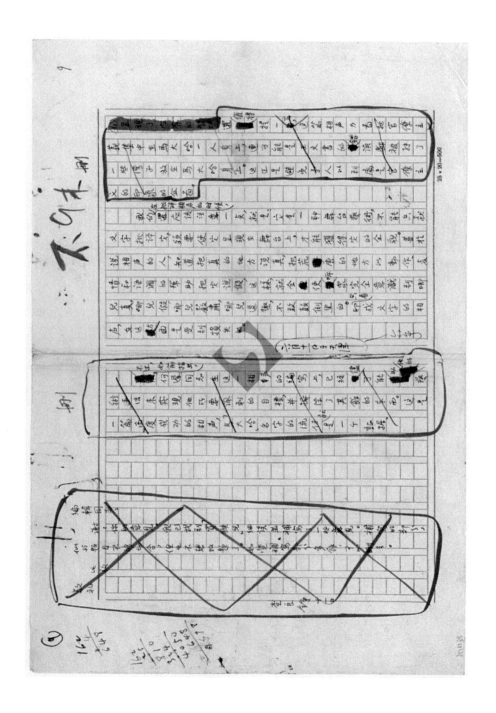

2. 釋　文

圖例說明

因涉及編輯與作者的不同改動以及刪除、替換、補入等不同情形，相關圖例如下：

編輯所作刪除：【×××】

編輯所作替換：【×××】×××

編輯所作補入：×××

作者所作補入：*斜體*

所有涉及修改的文字均加粗處理

發表稿（《文藝報》1956 年第 12 期）的改動另注釋說明

【對於相聲買猴兒的討論】

不應有的標準

良錚

【看了文藝報第十期「對於相聲『買猴兒』的討論」中孫玉奎、匕戈和丁洛三同志的評論後，使我對該各論文中所持的標準生出一些感想，想寫在下面，就正於讀者。】

我們都知道，藝術是一種生活反映；由於反映的對象、方法和媒介（或材料）的不同，而有藝術的不同類型。因此，藝術既有一般的法則，概括整個的藝術領域；也有特殊的法則，就是只適用於各個類型的法則。【舉例說，悲劇和喜劇同是戲劇，自然同受戲劇的一般性法則所控制，但同時，它們又是不同的類型，有其各自特殊的法則，因此，在這種地方，就不能以悲劇的法則去衡量喜劇，或以喜劇的法則衡量悲劇。

我想，這是極為普通的道理，無需多贅的。】

按照這個道理，在評論作為藝術類型之一的「相聲」的時候，我覺得首先應該確定的是，「相聲」是怎樣的一種藝術類型，它的特徵應該是什麼，也就是說，是哪一些特徵使得它有獨立存在的價值，不同於別種類型——例如喜劇——的。

只有把這個首要問題【確定好了】弄清楚以後，才能掌握相聲的特殊法則，進而根據這個法則去衡量相聲作品。不這樣作的話，就會以外在的法則或標準來衡量它以致抹煞它，這種批評就不是健康的了。當我們藝壇上正

在爭取「百花齊放」的時候，批評任何劇種或曲種的人尤其應該注意到這一點。

可是，在今年《文藝報》第十號孫玉奎、匕戈和丁洛三同志的文章裏，都沒有把這個首要的問題先弄明白。他們無論是肯定或否定「買猴兒」，都不知不覺使用了一些對相聲來說成為疑問的標準。

相聲，作為藝術的一個類型，自然是反映生活現實的。不過，它的反映形式沒有喜劇那麼嚴肅；恰恰相反，它在短短一二十分鐘內必須使聽眾很快地發笑，而且最好是大笑多次，——這是相聲與別種曲劇最大的不同之點。如果相聲不能保留這一點，恐怕它就不會作為一個特殊形式而存在的吧。有誰喜歡聽不可笑的相聲呢？

既然要讓相聲發笑〔註1〕，那麼，相聲所採用的材料（或媒介）必不能同於其他「嚴肅」的作品。我想試作如下一個定義：相聲是以荒謬不經的材料或情節來反映生活的。*它的反乎尋常的滑稽動作和過分的表情，即意在〔註2〕與荒誕情節起配合的作用*。在這個意義上說，相聲無論怎樣追求笑料（這是它的類型的本質，亦即它據以存在的特殊法則），它仍然是嚴肅的，假如它同時反映並批判了生活的話。它必須採用荒誕的材料，尤〔註3〕如寓言必須採用另一種荒誕的材料（**例如**禽獸世界的擬人化）一樣；但另一方面，在它的「荒誕」之中，卻包含有（或反映了）生活的因素，它所以能反映生活現實，也就是依據這一點。

我們知道，在藝術領域內，是有可能以各種材料來反映生活的。藝術家可以使用有著嚴格生活邏輯的現實材料來反映現實，但也可以從那材料裏抽去嚴格的生活邏輯，而仍不失為現實的反映。在這後一種情形下，藝術的欣賞者決不會因為失去的那一部分邏輯而感到不快；恰恰相反，這反而滿足了他【的】對另一種藝術欣賞的【本能】需求。我們看報上的漫畫，一個滿身是鐵刺的魔鬼似的人，一手拿著原子彈，一手拿著「實力政策」的招牌，站在裁軍簽名桌案之前，上面寫道：他無法空下一隻手來簽字了。這是一【副】幅多麼好的諷刺美帝國主義的漫畫呵！恐怕沒有人要找一找，世界上究竟有過這樣的人否？如果以肖像畫的標準去衡量漫畫的真實性，我們會作出怎樣

〔註1〕發表稿，多「引人」二字，即「引人發笑」。
〔註2〕發表稿，「即意在」作「又」。
〔註3〕發表稿，「尤」作「猶」。

可笑的結論來呢？可是，我們仍然認為那幅漫畫，就其本身而言，具有十足的真實性。它正是以荒誕的材料反映現實（或現實的因素）的一個例子。

由此看來，採用荒誕的材料，失去嚴格生活邏輯的材料，並不就摒除生活的反映。自然，這種反映是有著它的侷限性的，但它的所失，也就是它的所得。它不能細緻、全面而現實地反映生活；但另一方面，它卻突出、生動而鮮明地表現了現實的因素。如果要取消它的缺點，那也就恰恰取消了它的優點。

現在，我們可以把話題回到相聲上來了。作為一個類型來說，相聲有其本質的規定性。一方面，它以荒誕及誇張的材料獲得生動、活潑、鮮明性的可能，而另一方面，卻不得不在嚴格的生活邏輯方面，在全面、細緻而現實地反映生活方面作出一定的讓步。各別的相聲作品無論怎樣優越，也是逃不出這本質的規定性的。

如果對於相聲這一類型的本質有了明確的概念，以上三位同志的議論就未免顯得有不當之處。例如，孫玉奎同志只在理論上允許誇張，而作品一進入誇張的時候，他立刻就要以「過火」來制止，*因為他所害怕的，是相聲情節的不真實。他把生活的真實和藝術的真實等同起來。請看他*所贊成的誇張是什麼呢？「例如：作品中寫馬大哈犯三次錯誤，第一次，馬大哈當文書時寫通知，把錦州道寫成錦州；第二次，當收貨員時貼標籤兒，把香油的標籤兒貼在香〔註4〕油桶上，桐油的標籤兒貼在香油桶上；第三次，他替文書寫通知，把東北角寫成東北，買猴牌肥皂寫成了買猴兒。」依我來看，這只是生活中常〔註5〕可以見到的事，**還**算不得誇張，而且不【**會**】一定令人發笑；只有當這些事情引起荒謬的後果時，「例如：香油漆桌子，桐油炒菜，」恐怕才是誇張，才是相聲的精彩【**的噱頭**】之處【，】**。**可是孫玉奎同志卻要制止這些。現實中【**也許不會**】已經有過桐油炒菜【、】**的事；**香油漆桌子【**的事情，這一細節雖無他所謂的真實性，但卻**】**雖未聽說；但在相聲中，這樣的細節完全可以寫；**有現實的意義，因為它以奇幻的形式突現了貼錯標籤這件事的惡劣後果。還可以說，這一細節在小說裏也許是不能令人信服的，可批評的，但相聲卻完全可以容納。因為相聲有如漫畫，人們不求其表面的真實，人們要求相聲通過捏造和誇張一部分事實之後（如香油漆桌

〔註4〕發表稿，「香」作「桐」。按：此處「香」當屬筆誤，應作「桐」。
〔註5〕發表稿，「常」作「不時」。

子），更尖刻地暴露另一部分事實（如貼錯標簽）。如果把孫玉奎同志所不贊同的「捏造」、「出人意料之外」、「不在情理」的相聲情節取消以後，那相聲恐怕真「就不可笑了」；還談什麼諷刺力量呢？因為作為以荒誕不經的情節反映生活的相聲藝術，它的誇張正應該是「出人意料」和「不在情理」的。可以誇張一點說，相聲本就是大人的童話或神話。

ヒ戈同志否定「買猴兒」，說它「捏造了一些不可能發生的稀奇古怪的事物和非典型的形象」。只就他的反對相聲「捏造」「稀奇古怪的事情」這一標準而言，我是不能同意的。他不知道，人們在聽相聲的時候，不但允許一件起初有可能的現實基礎的事情（例如：把買猴牌肥皂寫成買猴兒）儘量往戲謔不真的後果去發展（*例如：百貨公司裏跑出一群猴子*），而且暫刻〔註6〕歡笑於這一場戲謔，因為這正是相聲的藝術之所在〔註7〕。他不知道，人們在聽相聲時，是和讀巴爾扎克的小說所採取的態度不同的。沒有人那麼嚴肅，或那麼傻，會相信相聲裏的【情節的真實性。】*噱頭是事實，因此，他所看到的「污蔑」，多半是出於他以讀報或看小說的態度來對待相聲了（關於這點，下面還要談到）。讓我重複一遍，衡量相聲的尺度應該不同於衡量喜劇或小說的尺度。*

丁洛同志也是把相聲作品的「真實性」和「嚴肅性」作了一般性的、膚淺的理解，而沒有看出相聲特有的「真實性」和「嚴肅性」究竟應該在什麼地方，以及怎樣取得。因此，他指出的幾個缺點也是不能令人信服的。

總括說來，藝術的反映現實是多種多樣的，有時是曲折的、折射的【，不能一概去作直線的印證】。如果問寓言：「現實中有這樣的事嗎？」【直線的印證】簡單化的頭腦就只能回答：「農夫和狼怎能對話呢？這是捏造！」相聲從現實中取出一粒種子，然後以它特有的活躍的幻想去培育、鋪張、演【義】繹和歪曲，使我們大笑，而笑後又能覺到它寓有【一個】嚴肅的教訓【，】。例如，使我們警惕於一種反面現象的嚴重後果（儘管不是〔註8〕像相聲情節所設想及誇張的那般），這就是相聲這一藝術類型所能發揮的「真實性」和「嚴肅性」。有人提出要相聲也有正面的主人公，這是不理解相聲的「真實性」「嚴肅性」的所在；如果真要去找的話，那麼，表現聽眾的否定

〔註6〕發表稿，缺「暫刻」二字。
〔註7〕發表稿，「之所在」作「的特點」。
〔註8〕發表稿，「是」作「全」。

態度的哈哈笑聲就是相聲裏的正面主人公。我們笑得越是多，對反面現象就越是不利；對相聲來說，所謂「熱情的」「憤懣的」諷刺和「新與舊的鬥爭」的積極性不正包含在這裡面嗎？【又有人要相聲中的生活材料（亦即它的媒介或體現形式）具有嚴格的生活邏輯，周密而全面，從而可以更好地、現實地反映現實。我不否認這種可能性，不過，恐怕那就是以別種藝術的標準來衡量它了，結果會不會為了改正所謂「缺點」，而取消它的形式特具的優點，使它變得非驢非馬呢？】我記得蘇聯某作家說過，他不相信有所謂「嚴肅的笑」，這句話【會】多麼確切地答覆了人們給相聲提出的錯誤標準呵！是的，別讓我們作「嚴肅的笑」吧，因為那是笑不出來的！

最後，我想再具體地談一談對「買猴兒」的兩點重要的指責：一是說它「糟蹋了百貨公司，歪曲了現社會」，另一是【它「忽視了一些必要的交代。例如採購員外出買猴兒去了半年，公司並沒發現，並且採購員由東北到廣東又去西南，也沒有向公司請示，其中他由東北回到天津一次，也沒有到公司去聯繫。」「採購員出去一次錯了又一次，科裏都不知道，不聞不問，這也不可能。」「一個人走這麼遠的路，南北走了好幾省，路費怎樣報銷？」也就是說，】說它情節太荒唐，不夠現實【。】如採購員跑了半個中國沒人問等等。

在我看來，這兩點指責恰好彼此對消。換句話說，由於這相聲是有意地、明顯地說一個荒唐的故事，它既沒有糟蹋百貨公司，也沒有污蔑現社會。它所尖刻諷刺的不過是官僚主義和馬大哈而已。

為什麼這樣說呢？假如我們細〔註9〕研究一下「買猴兒」，我們就會發見，它有其作為藝術作品的內在邏輯和完整性。它知道它所要諷刺的對象，在這種地方它就率直而逼真；它也知道它所不想諷刺的東西，在這種地方它就以種種藝術方法，使真實的對象不在它的戲謔之中。

舉幾個例子看吧。首先，關於它所講的「烏七八糟」的百貨公司。在故事進展以前，它就告訴了聽眾，這個百貨公司完全是虛構，不可憑信。為了這，它使用了如下的對話：

乙：我說你們百貨公司怎麼什麼都賣呀？

甲：呵，是呵！我們跟油脂公司合併啦！

乙：沒聽說過，你們就是和平路六層樓那個百貨公司？

〔註9〕 發表稿，「細」作「仔細」。

甲：不是，我們先在小王莊，十四層樓。

乙：後來哪？

甲：營業一發展，蓋了二十層樓，挪大直沽去啦！

乙：大直沽！我怎麼沒見過呵？

甲：那你就別深問啦！我們那兒保密。

這裡，有三點很明顯地指出了他所要講的百貨公司是不存在的：（一）哪裏有和油脂公司合併的百貨公司？（二）哪裏有與外界隔絕起來的「保密」的百貨公司？（三）某乙屢次否認它的存在。

為什麼要有這一段交待呢？因為，很明顯，這相聲是不想諷刺百貨公司的，它不過想給官僚主義和馬大哈找一個地盤作背景，百貨公司就這樣被拉出來了。【而在故事的進程中，這個百貨公司也被寫得非常不現實，這種】而寫百貨公司的不現實的氛圍【（如前述第二點指責中所列的細節）是必要的】，在本篇相聲中就成【「】為保護真實的百貨公司的正面性格【」】的藝術手法。因為，假如它真是把百貨公司買猴兒的一切環節認真地、嚴謹不遺地作了交待——那結果怎樣呢？那才真會令人大吃一驚，說：「百貨公司原來這麼烏糟！」那才是污蔑了它，歪曲了現社會！可是，它沒有這樣作，它的「疏忽」和「不現實」的地方，適足以使它巧妙地諷刺了馬大哈而又不涉及現實中的百貨公司！

再舉例說：它也沒有想諷刺協助買猴的常秘書和村長等人。常秘書對買猴子屢次表示難以相信，他和村長在得知這個任務後都「直咂牙花子」，講演說明買猴意義的人不是村長，而是說聲相〔註10〕的某甲本人，而他那一通滑稽演說也是在不斷咳嗽、遲疑和故作醜態、盡力胡編的情況下說出來的，這就和以正經口吻說出來的意義不同了。如果不考慮這些藝術細節，【而只對抽象的內容加以批判，】而像匕戈同志所說：「不用說，某甲跑遍了半個中國，我們各地工商局的幹部、村長——都是缺乏對事物起碼的分析能力的昏頭昏腦的人——給了他支持，他才能順利地完成任務」。〔註11〕這就是使用抽象推理對待抽象內容的批評【範例】了。這表現了對藝術的冷漠無感。以我看來，「買猴兒」雖然為了貫穿〔註12〕自己的情節，不得不提及幹部和

〔註10〕發表稿，「聲相」作「相聲」。按：此處「聲相」當屬筆誤，應作「相聲」。

〔註11〕發表稿，「。」作「，」。

〔註12〕發表稿，「貫穿」作「貫串」。

村長，但它卻沒有把他們放在戲謔的焦點上，【而是盡力使他們呈現了應有的智慧。還值得提一下，這篇相聲力圖把官僚主義集中在馬大哈一人身上，連可能是王文書的錯誤都被轉了一些灣子放在馬大哈身上。這正是避免予人以到處是官僚主義的印象的企圖。】作者對自己所諷刺的對象，是經過細心考慮的。

我們在批評相聲的時候，還應該注意一點，就是：它是一種舞臺藝術，不能只就文字批評它，須要使它呈現在舞臺上，才能獲得它的全貌。善於說相聲的人，知道把真的地方說真，把荒唐的地方以動作、表情和語調的幫助把它說假，這樣，就會使聽眾完全意識到哪兒真，哪兒假，哪兒嚴肅，哪兒逗趣，不致顛倒黑白。只看印成文字的相聲，在這方面是受到損失的。

六月十一日於天津

【不過，如前指出，何遲同志在這一相聲的編寫上，已經盡可能以他的藝術手法來突現他所要諷刺的目標，並摒除了其餘的東西。這是一篇角度成功的相聲，「馬大哈」名字的流傳就是一個證據。】

【編輯同志：

謝謝你的意見。我已找到「買猴兒」細讀並補寫了一些意見。補寫的部分似與題目不夠切合，但也不想改題了。如覺補寫部分多餘，可以刪去。

此致
敬禮

查良錚　十一日】

（二）《〈父與子〉和六十年代的文學及政治的鬥爭》

1. 手稿圖片（部分）

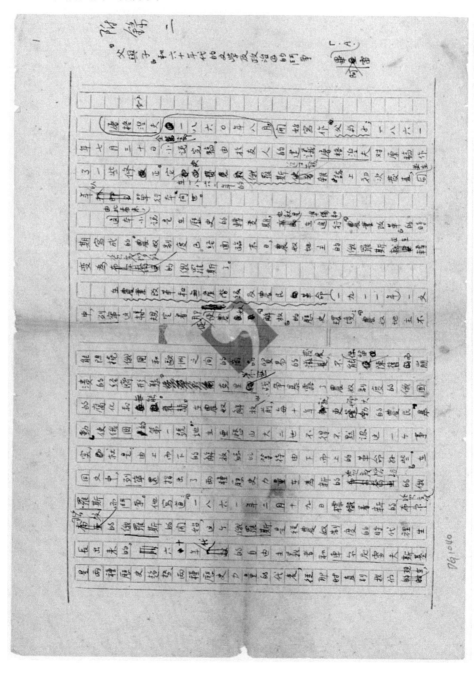

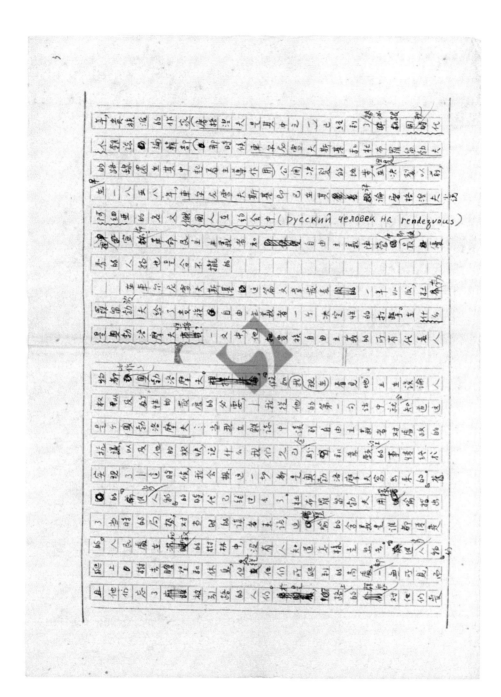

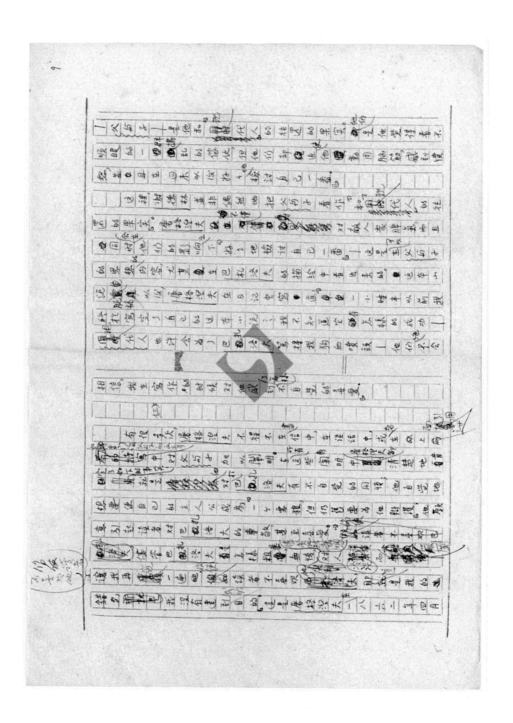

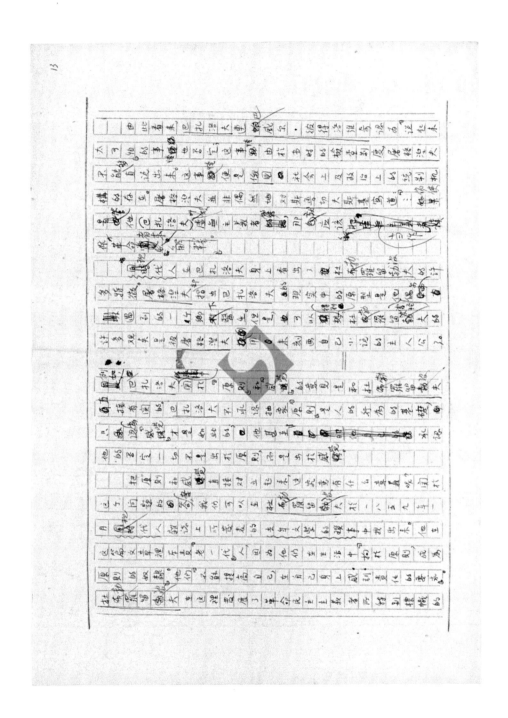

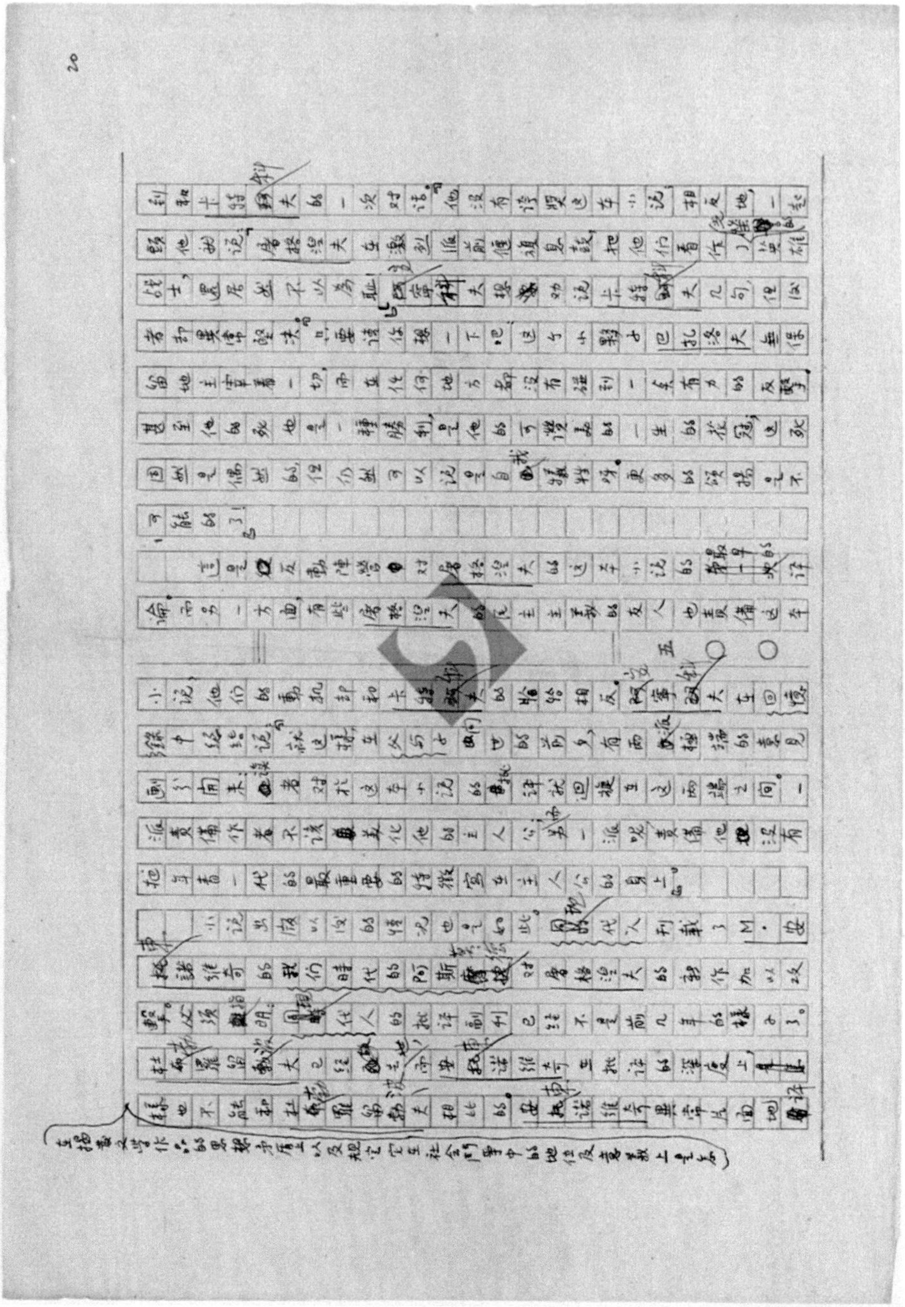

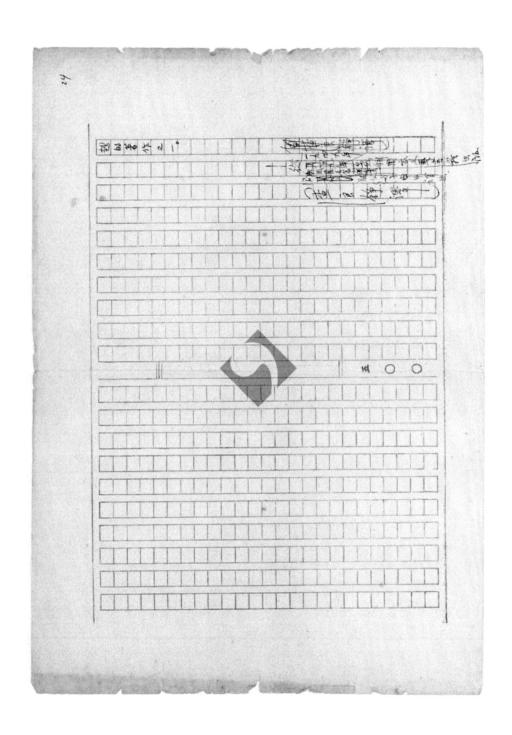

附　錄

　　得楊苡先生的熱情張羅，2002 年 6 月在北京，先是到杜運燮先生家，後又到江瑞熙先生家，三位老人都以極大的熱情談到了穆旦，這位他們當年共同的朋友。與鄭敏先生的談話是稍後在電話裏完成的。談話稿最後定為《「他非常渴望安定的生活」——同學四人談穆旦》。

　　由多位同時代友人在同一時段、就大致問題來談穆旦，這可能是唯一的一種，自有其獨到的價值和意義。而這，也是我第一次做訪談，以現在我對穆旦的瞭解以及多年來累積的訪談經驗來看，文獻可以更深入，細節之處自然還可深掘，但歷史已無重來的機會，所幸穆旦身上最為重要的那些因素基本上已顯現出來了。

「他非常渴望安定的生活」
——同學四人談穆旦

相關情況的說明

（一）訪問主題：詩人穆旦（原名查良錚，1918～1977）。穆旦原籍浙江海寧，生於天津。1940 年畢業於西南聯合大學外文系。為現代最為傑出的詩人之一，其翻譯的作品也影響深遠。

（二）受訪對象：四位 1940 年代畢業於西南聯合大學的穆旦同學。楊苡（1919～），原籍安徽，原名楊靜如，生於天津，1938 年入外文系，後轉入中央大學，1944 年畢業，其丈夫、著名的學者和翻譯家趙瑞蕻先生當年與穆旦為上下鋪；杜運燮（1918～2002），福建古田人，1939 入外文系，1945年畢業；江瑞熙（1920～2003），有筆名羅寄一，安徽貴池人，1940 年入法商學院，1943 年畢業；鄭敏（1920～），福建閩侯人，1939 年入哲學心理學系，1943 年畢業。前三人離開西南聯合大學後，均和穆旦保持著相當緊密的聯繫，私交甚好。鄭敏則和穆旦沒有太多私交。穆旦、杜運燮、鄭敏三人因《九葉集》〔註 1〕的出版，往往被稱之為「九葉詩人」。訪問者：易彬，時為長沙理工大學中文系講師。

（三）大致情況：2002 年 6 月 15 日上午 10 點，按事先約定，到杜運燮

〔註 1〕辛笛等：《九葉集》，江蘇人民出版社，1981 年版。不過，「九葉詩派」或「九葉詩人」的稱謂近年引起一些爭議。因為該稱謂並非歷史性的，而是追加性的，以其命名，不能真實反映歷史。我個人不贊成使用「九葉詩派」的稱謂。

老師家，楊老師由女兒趙薖女士陪同。杜老師躺在床上接受了大約 100～110 分鐘的訪談。杜老師當時很「興奮」（楊老師後來所言），以致超出了原先預定的 90 分鐘。從杜老師家出來，午餐後，到趙家。楊老師拿出了她所珍藏的不少資料，其中有保存了半個多世紀的穆旦贈詩。還有照片，還有她在穆旦逝世後寫給他的、但從未發表過的詩等。最讓人吃驚的是，當年南開大學發的「訃告」，她也保存完好。17 日上午，到江瑞熙家。楊老師依然由趙女士陪同。訪談約 100 分鐘左右。江老師的精神也很好。8 月 11 日，對鄭敏老師進行了電話採訪，談話時間約 50 分鐘。

（四）6 月 15 日，楊苡試圖聯繫穆旦當年在南開大學的同事「外文系事件」的參考者李天生，但被李天生拒絕。他只想說，「穆旦是一個好人。」他不想談過去的事，「沒有什麼好談的」。

（五）為了確保採訪內容的真實性，北京採訪的文稿於 6 月 21 日寄給楊苡老師，並由楊老師轉另外兩位老師核對。7 月 22 日，經過楊、江兩位老師核對的文稿由楊老師寄回。之後，還就疑難問題和楊老師有過多次電話和通信，並據此對若干細節作了少量補充。鄭老師的文字較少，據筆錄。總體上說來，在具體行文時，為了使訪問主題更為集中和突出，做了若干技術處理，即將多次訪問內容進行了一定的整合。

（六）杜老師也看過文稿，他和楊老師通電話時表示要作一些補充，並且還將文稿帶到了醫院。但非常不幸的是，2002 年 7 月 16 日晚，也就是採訪僅僅 1 個月之後，杜運燮老師因心臟病突發逝世。楊老師在 7 月 17 日的信中說，「又一個真正的詩人離去，在另一個世界，穆旦當不寂寞！」《穆旦詩全集》的編者李方老師 7 月 22 日的信中也說，「『滇緬公路』的開拓者終於跋涉到了人生的『終點』。」因此，此稿同時是對詩人杜運燮最真摯的紀念〔註 2〕。一年之後，江瑞熙老師因病去世。

（七）此文曾刊於《文匯讀書週報》（2002 年 9 月 27 日，第 5 版），但因篇幅限制，若干內容並未收入。此次重新整理（按：指刊載於《新詩評論》，2006 年第 2 輯），補入了若干內容，且因涉及較多一般讀者不熟悉的人物和

〔註 2〕《中華讀書報》2002 年 7 月 24 日有劉士杰先生紀念杜運燮詩人的文章《為了新品種的健康苗長，我認為需要「雜交」——訪九葉詩人杜運燮》。文中提到 6 月 11 日下午對杜詩人進行了採訪，認為是「最後一個採訪他的人」，這不確。

事件，參照相關史料，增加了若干注釋。

訪問正文

「他的血有著超常的濃度」

問：杜老師，您在不少文章中都談到，當時西南聯大學生生活上非常貧困，精神上卻是富有的〔註3〕，他們可不可說是「理想的一代」？

杜：可以這麼說，當時西南聯大，有很多歸國華僑。很多人對革命聖地延安充滿嚮往。有去延安的。也有不少人參加了共產黨的外圍組織。

楊：杜運燮當時參加了「群社」。「群社」是共產黨的外圍組織。我沒有參加。這些組織我是不沾邊的。我和穆旦是在高原文藝社認識的。

問：當年，大詩人艾青指責過西南聯大的教授和學生「不關心現實」〔註4〕，您怎麼看？可不可以說穆旦是一個「左派」？

杜：「詩和現實的關係」並不如艾青所說。很多人都很關心政治。穆旦表面上不問政治，也沒有參加「群社」，但他是一個「左派」。他有意識地學過俄文。當時很多年輕學生都有嚮往進步的熱情和想法。我也曾學過俄語，是第三外語。聯大是自由的。愛寫什麼寫什麼。現代主義不是主流，但在外語系很有影響，受現代派影響也很大。

楊：當時，沈從文不贊成我入中文系，他認為中文系要讀較多的線裝書是一種束縛。他建議我進外文系。

問：穆旦性格是不是有點內向？

杜：穆旦的性格總體上說是內向的。

問：是不是有點悲觀？

杜：穆旦是悲觀，這和顛沛流離的生活關係非常緊密。這種悲觀情緒，

〔註3〕可參見杜運燮：《在外國詩影響下學寫詩》，《海城路上的求索》，中國文學出版社，1998年版。

〔註4〕在《論抗戰以來的中國新詩──〈樸素的歌〉序》（1942）中，艾青在論及居住在「大後方」的教授和詩人時，這樣寫到：「他們在雲南或是四川的小城裏，遠離了烽火，看不見全國人民的流離之苦與抗爭的英勇，在小天井的下面撫弄著菊花，或者凝視著老婆的背影而感到人民無限幸福地過日子，他們的情感需要的是鴨絨被上的睡眠；他們的審美力早已在成見與對於新的事物的膽怯與戒備裏衰退到幾乎沒有的程度了；他們早已失去了理解中國新詩的公正態度與評論新詩的為公眾所承認的權利。」見《艾青論創作》，上海文藝出版社，1985年版，第112～113頁。

在他給郭保衛的信〔註5〕中已談到。

鄭：我和穆旦不熟，沒有私交。說來你不信，只見過幾次面，有過一兩次通信。在西南聯大的時候，我和杜運燮、穆旦不同系，也不同級，大家都不認識。直到畢業之後，1947年，有一次穆旦到南京玩，才見面。出《九葉集》的時候，我和他們也不怎麼認識。而且，我和他們走的路也不同。他們幾個是外文系的，我是哲學系的。讀大學時準備報外文系，但覺得哲學不可能自學，就報了哲學系。

因為有一個親戚是清華的，從高中起，我就接觸英國小說，也讀過艾略特。不過，我更喜歡德國詩歌。後來在美國，有系統地學習了英國文學。但對於英國詩歌，比如奧登，並不感興趣。

40年代學習西方現代化詩歌的，穆旦做得最好。他才情橫溢，是艾略特的藝術和拜倫性格的結合體。和艾略特一樣，他的詩歌諷刺性很強，不是那種理想型的。他又有拜倫的衝動、強烈的性格。有段時間有過「穆旦熱」。他符合了90年代青年的激情、憤怒和叛逆，在年輕人中引起了共鳴，這和海子被很多青年人喜歡一樣。早些年搞過一次排名，把穆旦排到比馮至更靠前的位置〔註6〕，我有所保留。穆旦詩歌的特點使得他能夠產生轟動效應，馮至的《十四行集》是那種冷靜的東西，不可能有那種效應。

問：鄭老師，在《詩人與矛盾》〔註7〕中，您有兩個觀點給我留下了非常深刻的印象。一個是：「在歷史的巨輪下他的血有著超常的濃度。一個能愛，能恨，能詛咒而又常自責的敏感的心靈在晚期的作品裏顯得淒涼而馴服了。這是好事，還是……？因為死得早，他的創傷沒有在陽光裏得到撫慰和治療。」

鄭：我覺得穆旦晚年的詩歌更有價值。40年代，他太年輕了，他的詩歌不可能真正反映人類的生存和歷史，不可能真正反映民族和世界。到了晚年，

〔註5〕參見曹元勇編《蛇的誘惑》，珠海出版社，1997年版。該書收入致郭保衛的信24封，和孫志鳴的信5封，通信時間為1975年8月12日到1977年1月28日，歷時約一年半，其中較多地記載了穆旦晚年的生活、觀點以及心性。

〔註6〕1994年，海南出版社出版了一套由王一川、張同道策劃的「二十世紀中國文學大師文庫」。在由張同道、戴定南主編的「詩歌卷」中，穆旦位列第一，馮至在北島之後，位列第三。

〔註7〕鄭敏：《詩人與矛盾》，杜運燮等編：《一個民族已經起來》，江蘇人民出版社，1987年版。按：在其他場合，鄭敏也曾表示僅見過穆旦一面，見《再讀穆旦》，《詩探索（理論卷）》，2006年第3輯。

他對於現實有了更真實的理解。我一直覺得，如果穆旦活過了 1979 年，他對生活會有更深的理解，會更深刻，會更有成就。

問：楊老師，如果用最簡單的話概括穆旦給您的最深印象，那是什麼？

楊：才華橫溢，自尊心很強。

問：1940 年代穆旦影響到底怎樣？現在有研究者，如北京大學教授孫玉石老師在《中國現代主義詩潮史論》〔註 8〕中討論，聞一多在當時的影響非常大，當時是怎樣的情形呢？

杜：穆旦的影響只是小範圍的。聞一多對穆旦沒有多少影響。聞一多的思想傾向進步。比如「群社」邀請聞一多去演講，加入民盟，對田間詩歌的評價等。這種思想轉變也包括朱自清。

「他絕不是唐璜式的人」

問：能說一說穆旦的家世嗎？

杜、楊：當時有「南查北查」之說，兩查很早就分開了。穆旦屬於北查，是已經沒落的一支。他有一個堂哥查良釗（南查）曾任西南聯大訓導長〔註 9〕。此人後去臺灣。他有個妹妹，叫查良鈴，曾和穆旦一個好朋友結婚，後來離婚了。她現在北京。

杜：解放的時候，我從新加坡回北京那一段，查良鈴給了很多幫助。穆旦去世的前一天（星期天），她曾去天津看他。

問：1945 年左右，穆旦在《流吧，長江的水》、《風沙行》兩首詩中，都出現了「瑪格麗」這一稱語，而更早 1940 年的《我》被認為和「失戀」有關，1942 年的《詩八首》也顯然和戀愛有關，能談談穆旦的戀愛嗎？

楊：穆旦在清華大學的時候開始了初戀。女子名叫萬衛芳，當時在燕京大學，是天津的富家女，家境很好，且有婚約。在清華南遷過程中，兩人南下。後來，女子家裏來一封電報，說是母親病重，希望女子回去。穆旦不希望

〔註 8〕孫玉石：《中國現代主義詩潮史論》，北京大學出版社，1999 年版。

〔註 9〕查良釗（1897～1982），美國芝加哥大學畢業。1939 年 7 月，西南聯合大學遵照教育部要求設立訓導處，查良釗被聘為訓導長，之後參與了學校的主要事務。1954 年去臺灣。下文中提及的堂兄為查良鑑（1904～1994），南開大學畢業，後獲美國密歇根大學法理學博士，抗戰勝利後，任上海地方法院院長。1949 年去臺灣。資料據《國立西南聯合大學史料·第 2 卷（會議記錄卷）》，雲南教育出版社，1998 年版；《浙江古今人物大辭典（下）》，江西人民出版社，1998 年版，第 634 頁。

女子回去，他說它只是一個騙局，回去了就出不來。但女子還是回去了，並且被迫和原來有婚約的男子結婚。男子也是在燕京大學，姓余，兩家門當戶對。這件事引起了穆旦相當大的憤怒。有人說，從來也沒有看過穆旦那麼憤怒過，整個樓道都聽得到他憤怒的聲音。很多人認為是那女子把穆旦甩了，詩人受了很多苦。大家都很同情詩人。當時，我還沒到昆明。我是聽我姐姐和她在燕京的同學議論說，「萬衛芳又回來了。」「那個詩人真倒楣，硬是被萬衛芳拋棄了。」

女子結婚的條件據說是結了婚就出國，雙方家長都同意了。這在雙方家長不是問題，只要結婚就行。後來，出國了。在美國生了兩個子女。但女子一家過得並不幸福。男子因為精神分裂而先死去，女子後來也因為精神分裂而把自己兩個子女殺死。女子住在美國時，正好穆旦在美國留學，女子想穆旦去看她，但穆旦拒絕了〔註10〕。這件事非常明顯地體現了穆旦的自尊心。他自尊心很強，沒錢沒勢，又不願意依附親戚。比如他的堂哥，抗戰後在上海任法院高職。但他就是不願意依附。

杜：「瑪格麗」可能是穆旦當時的一個民航同事。這是穆旦詩歌中唯一的女人的名字。《詩八首》的情緒非常不好，悲觀。可以將 40 年代穆旦的愛情作為一個切入點，勾沉一下。

〔註10〕 南遷時間為 1937 年 10 月。不過，楊、杜二人記憶有所差異，杜記得是「先後」，楊認為是「一起」。關於萬衛芳，據「廿七年一月長沙臨時大學學生名錄」（即 1938 年 1 月，此為西南聯合大學的前身）記載，為外國文學系二年級借讀學生。而在該年 2 月 10 日公布的「長沙臨時大學准予赴滇就學學生名單」中，萬的名字未再出現。可見兩人戀愛之變故應發生在此段時間內（見《國立西南聯合大學史料·第 5 卷（學生卷）》，雲南教育出版社，1998 年版）。按：據吳宓日記，1937 年 12 月 6 日，幾經輾轉到達南嶽的前夜，住在衡山縣城的一個旅館裏。同行者中有萬衛芳，「燕京借讀女生，查良錚偕來此」，且有「萬終未與宓識面」之語（見吳宓著、吳學昭整理注釋：《吳宓日記 Ⅵ》，生活·讀書·新知三聯書店，1998 年，第 269 頁）。吳宓日記中未直接出現查良錚（穆旦），看來兩人是先後南下。又，穆旦在致楊苡的信中這樣寫到：「你來信提及萬衛芳。我在美國時，即有友人轉告，她希望見我一面，但我沒有見，原因當然有幾個，之一是，我已從最初的迷夢中醒過來了。她和我相識兩年多，彼此寫了一百多封信，我相信那是表現了她的最好的一面，詩的一面。可是她還有其他方面，虛榮和自傲和極端個人主義及享樂主義，這些恐怕就是使她神經失常的原因了。她的丈夫在美國很快就得了神經病，如今又是她。這也證明我們的生命隨處亂擲。我的大學兩年就亂擲於此……」從行文看，此信應作於建國之後。

江：「瑪格麗」是曾淑昭，當時金陵女子大學的學生。後來，與胡適的兒子胡祖望結婚。

楊、江：和朱鳳儔、俞維德的關係也很好。俞後來為羅宗明之妻，羅宗明是我們的同班同學，廣東人，生活洋派。現已故。

楊：穆旦寫信給我時曾談到當時的戀愛失敗。我和江夫人曾給他數，究竟愛過幾個，也沒數清。「瑪格麗」可能並不一定代表一個女人，而且這些並不重要。因為有的很短暫。穆旦早年有過多次戀愛經歷，但他絕不是唐璜式的人物。他是得不到。

問：穆旦的朋友都不怎麼談他的愛情，是不是在有意識迴避？

楊：朋友們不是在迴避，是因為朋友們也不瞭解具體情況。穆旦是一個內向的人，他很少和人談起他的戀愛。初戀對他的影響非常大，包括對他的性格影響。

問：在《永恆的思念》〔註11〕中，周與良談到，「幾十年我們共同生活，各自幹自己喜愛的事，各自有自己的朋友。」這有沒有特殊含義？

杜：穆旦是學文的，周與良是學生物的，兩個人的生活圈子不一樣。家族也不一樣。周家是望族，是紅色資本家。

楊：在苦難中，兩人從來沒有出現過兩人要劃清界限，不像當時很多幹部動不動就劃清界限。周一良在《鑽石婚雜憶》中有一頁談到了穆旦，說當時穆旦到周家，大家都不理他，讓他一個坐在那裡。實際上是「瞧不起他」〔註12〕。周家是大家，而穆旦是小人物。當時，我們曾玩笑說穆旦是「豪門貴婿」。周一良在文章中談到，想起這件事，很慚愧。

1981年李政道第二次回國，希望見周與良。開始時周與良並不見。她要校方給一個說法。後來校方，包括周與良的父親出面，決定穆旦恢復副教授職務，並且重新給穆旦舉行追悼會，周與良才去北京見李政道。

問：鄭老師，您在分析《詩八首》的時候，認為它「是一次痛苦不幸的感

〔註11〕 此文為穆旦逝世二十週年，穆旦妻子周與良寫的紀念文章，刊杜運燮等編：《豐富和豐富的痛苦》，北京師範大學出版社，1997年版。

〔註12〕 周一良，周與良的大哥，著名史學家，其文字曾這樣載記：「我們家大多數人對他過去的情況都不夠瞭解，因此他每次到我們家來，當大家（兄弟姐妹十人中有六個黨員，兩個民主黨派）歡聚在父母身邊，興高采烈，高談闊論時，他常常是向隅而坐，落落寡歡。許多年中，我去天津，記得只上他家去過一次。現在回想起來，那時我們對他的態度是非常不公正的，感到非常內疚。」見《鑽石婚雜憶》，生活・讀書・新知三聯書店，2000年版，126頁。

情經歷」〔註13〕，能具體談談嗎？

鄭：我是通過作品來理解穆旦的。《詩八首》是穆旦詩歌中藝術最好的。有種很強烈的東西在裏面。穆旦的妻子周與良和他非常配，是那種陰陽配合，周與良的理性思維能力很強，性格穩重，溫和、寬容。要是兩個人性格一樣，那就會不得了。

問：一個與穆旦無關，但可能能夠有助於理解穆旦的問題，1955 年，您留學回來，當時有沒有什麼特殊的考慮？

鄭：我 1948 年出國，1955 年回來。回來時並沒有什麼考慮，就是覺得自己從來不屬於美國。當時條件非常好，我的丈夫在美國教書，現在我的兒子也在美國教書。但總覺得文化融合不進去，對於美國文化可以理解，但脫離了本土文化，我沒法生活。物質上可以滿足，但精神上不可以。

「哪有什麼歷史問題！」

問：杜老師，您和穆旦都有過「野人山經歷」〔註14〕。但您直到 1944 年才在詩中寫到它，穆旦更是 1945 年才寫，這有沒有特別的考慮？

杜：當時我和穆旦不在一個地方。我於 1942 底去印度當翻譯，在加爾各答遇上穆旦。推遲寫作並沒有很多考慮。抗戰期間，顛沛流離，沒有時間靜下心來寫。

楊：穆旦的實際寫作並不止那麼多，在重慶期間寫了不少，多散失。

問：穆旦去《新報》有沒有什麼具體考慮？是不是和政治有關？

杜、楊：和政治無關。他去創辦《新報》，一方面是為了謀生，另一方面是為了友情，當時羅又倫〔註15〕極力邀請穆旦去瀋陽。

楊、江：穆旦在《新報》是文藝副刊主編，還是整個報紙的主編還有待

〔註13〕鄭敏：《詩人與矛盾》，杜運燮等編：《一個民族已經起來》，江蘇人民出版社，1987 年，第 34 頁

〔註14〕1942 年 3 月初，穆旦參加「中國遠征軍」，出征緬甸抗日戰場。期間的戰鬥及撤退經歷極為殘酷，幾近死亡。杜運燮則未經歷殘酷的撤退。另可提及的是，因經歷和心性的雙重差異，兩人後來以此為題材的詩歌，穆旦的《森林之魅──祭胡康河谷上的白骨》（1945 年），杜運燮的《給永遠留在野人山的戰士》（1944 年），可謂大為異趣。

〔註15〕穆旦參加「中國遠征軍」時，曾作為翻譯與羅又倫將軍共事。羅又倫（1912〜1994），廣東梅縣人，黃浦軍校第 7 期畢業，1930 年代後期以來國民黨的重要將領之一。有口述歷史《羅又倫先生訪問紀錄》行世，〔臺灣〕中央研究院近代史研究所，1994 年版。

查證〔註 16〕。穆旦也不是杜聿明的紅人，他跟的是羅又倫，和杜聿明隔了一層。

楊：當時穆旦曾給我寄過照片，戴著東北大皮帽。現在長春有一個叫陸智常的人，是聯大數學系的，他說可能還有一封穆旦寫給他的信。〔註 17〕過去的信很多都未保留。

問：40 年代，穆旦多次更換工作，這除了社會本身不能給年輕人提供穩定而舒適的生活外，是不是也有穆旦本人的性格因素在起作用，比如他並不安於那些工作？

杜：對穆旦的這段生活我並不是很瞭解，也沒有通信。

楊：他本人是極希望安定，但實際上很難安定。累，生活艱苦。40 年代中期，在昆明和重慶之間顛簸。到了 1948 年，找事、失業、生病。那一年很不順。

1947 年穆旦先是在上海，託我在南京找事。結果我哥〔註 18〕在某大使館找到一個空缺。穆旦急忙從上海趕到南京，但還是沒來得及，他下午到，空缺在上午就另外有人占去。這可見當時找事非常不容易，穆旦當時找事的心情也很急。

後來去了航空公司，但因為生病，肺炎，後轉化為結核，以致失業。後來又到了 FAO。FAO 即聯合國糧農組織，是聯合國下屬組織之一，很龐大。全名為 Food Agricultural Organization。這需要有英文知識才可以應付。他所從事的也無非文書之類，搞資料翻譯這類雜事，如來往文件，剪報等的翻譯。它絕非不好的機關，不屬於歷史問題。但他並不是一直呆在 FAO，在我哥的介紹下，有兩三月去了美國新聞處。進入這機構時需要看政治上是否可靠，我哥說很可靠。當時地下黨員方應暘〔註 19〕也在我哥的介紹下加

〔註 16〕這一點楊、杜二人又有分歧，楊認為是文藝副刊主編，杜則認為是整份報紙的主編。後，據《穆旦詩全集》編者李方老師觀點，為整份報紙的主編。

〔註 17〕1973 年穆旦致陸智常的兩封信現已收入《穆旦詩文集・2（第 3 版）》。

〔註 18〕即著名翻譯家楊憲益先生。當時，楊為設立在南京的國立編譯館翻譯委員會主任，解放前，曾短期任館長。並在當時南京多所大學任兼職教授。資料據楊憲益：《漏船載酒憶當年》、薛鴻時譯，北京十月文藝出版社，2001 年版。

〔註 19〕楊苡老師還談到：「方應暘也就是詩人方宇晨，他後來在文革中墜樓身亡。也不知道是自殺還是他殺。當時外文局的『造反派』特別凶。『造反派』自然說是畏罪自殺。從當時情形看，也很有可能是被他人推下去的。那時，我哥有一次曾被安排到頂樓工作，他的一個老同事看情況不妙，馬上藉口喊楊幫他

入了美新處。

後來穆旦又回到 FAO，是因為 FAO 要他去。當時 1949 年初南京面臨解放，FAO 撤離，他就隨之撤離到曼谷。

去曼谷的具體時間並不是《年譜》〔註20〕所說的 1948 年秋，而是 1949 年春節前後，1 月或 2 月，南京解放前夕。我記得 1948 年 12 月 19 日還見過穆旦。當時是在我家吃晚飯，有六個人，分別為方應暘，張健、左登金，劉世沫及我和趙瑞蕻。當時朋友常常有小聚會。生活也很艱苦，每個人帶一個菜一塊吃。

江：在西南聯大期間，我和穆旦並不熟，關係一般。熟起來是出了學校進入社會後，特別是 1947～1948 年間。當時大家都沒有固定工作，都在為「飯碗」問題而忙碌。1947 年我曾在上海救濟署工作，後來去航空公司，後又去《紐約時報》，為《紐約時報》駐中國記者翻譯，工作是在上海找的，但是在南京工作。這時和穆旦的聯繫較多，大家是同學，又在文藝方面有共同興趣愛好，又都在美國、聯合國這樣的類似機構工作。

在南京時，我曾和穆旦合住，在厚載巷 2 號，5 號也住過（5 號是一使館參贊住處），但時間都不是很長。很多時候是四處寄居生活，隨時處於失業狀態。當時大家的相互見面，是碰球式的，誰也顧不上誰。

穆旦在當時頻繁換工作，既有社會原因，社會不能提供穩定而安適的工作，也有他自己的原因。除了飯碗問題外，他也要找自己比較合適的。不少工作他覺得不適應，覺得沒意思。美新處是一個政治機構，FAO 是一個技術機構。FAO 的待遇不錯。可以多賺點美圓，將來好出去留學。他是不可能自費留學的〔註21〕。

幹什麼，把他叫了下來，才沒發生什麼事。」按：方宇晨是 1940 年代後期上海詩壇的重要詩人之一，其詩風和「九葉詩人」相近。參見唐湜：《九葉在閃光》，《新文學史料》，1989 年第 4 期。又，新近發現的穆旦的外調材料，有一則為 1968 年 12 月 28 日所作《關於方應暘》，所談即方應暘（方宇晨），參見本書第五輯第 2 篇的討論。

〔註20〕即《穆旦（查良錚）年譜簡編》，李方編：《穆旦詩全集》，中國文學出版社，1996 年版。該《年譜》認為穆旦赴曼時間為 1948 年秋天。

〔註21〕1947 年 10 月，穆旦考取自費留學美國，因無錢，一直帶滯留國內以籌取學費，一直到 1949 年 8 月才得以留學。事實上，根據穆旦後來的交待材料《歷史思想自傳》（1955 年 10 月）的記載，當時是因為「得愛人自美寄來一筆錢，可以申請留美的簽證了」。

楊：穆旦的遭遇真是不幸。他在解放之後的「歷史反革命」經歷是這樣，40 年代顛沛流離的生活更是這樣，那些後來被當成了「歷反」的證據，比如當翻譯官，那是有一陣子外文系四年級學生必須參加的。他後來去辦《新報》，或到 FAO 工作，都是為了謀生，有口飯吃，哪有什麼歷史問題！

40 年代，大家當時在南京的生活真是苦得不行。比如江瑞熙和她愛人，一個在美新處，一個在美聯社，發現懷孕了，趕緊在週末打掉，週一又照常上班，還不敢說，說了飯碗就會沒了。

「他覺得只有新中國才有希望」

問：穆旦離開中國，有沒有對現實的不滿？他在 1947 年曾寫過一首《我想要走》。

楊：1947 年，從東北回到南京時，和老朋友一起聊天，朋友開玩笑說，你給國民黨做過事會倒楣，但他對於自己的處境不那麼以為然，說，大不了進集中營。在南京解放的時候，他願意等著解放。他覺得只有新中國才有希望。他總覺得自己沒希望了，別人還有希望。當時南京有人想去解放區，他認為這條路對了。他勸年輕人去，年輕人應該去革命。而他認為自己已 30 歲，不再年輕了，不行了，沒有條件去，也沒錢去，他還有老母親在北京。

問：70 年代了，穆旦本人陷入一種相當悲觀的境地時，卻依然勸那些年輕人，比如勸郭保衛不要灰心；他的思想可說早有表現？

杜：穆旦晚年思想和 40 年代的思想是有一致之處；晚年穆旦有時候還是很積極的，他曾勸兒子入黨，沒入成，很氣憤。

楊：他沒有不滿。抗戰後由於國共內戰不停，物價死漲，民不聊生，的確又是人才外流的高潮，我所認識的聯大、中大〔註 22〕同學那兩年，1946～1948 年，出去繼續讀大學碩士的很多，學醫的、學理工的、學文的都有。那時美國是認可我們國內幾個名牌大學學歷的。穆旦並不想離開祖國。當時他的心態非常矛盾。跟國民黨不願意跟，跟美國人賺美金想來真沒意思，就是為了生活。他非常渴望有安定的生活，把母親和妹妹接出來，接到南京過也好，北京的生活是很苦的。母親是最重要的，奉養母親，在他的生活中一直是一件最重要的事。後來回來也和他母親很有關係。穆旦很多時候都考慮著他母親。

〔註 22〕即中央大學。

1949 年出國，是直接從曼谷走的。當時他和周與良通信已經很密。出國留學和周珏良、周與良兄妹很有關係。當時不走的，都是抱有天真的想法。穆旦想得多些。幾年之後，穆旦回國。我們是經歷了幾年了，他又懷有天真的想法。

江：穆旦的思想比一般人要深些。那時同學朋友在一起，常聊天。這種聊天圈子是一個自由的圈子。穆旦曾有一個觀點：從哲學的角度看，共產黨是不會容忍自由主義知識分子的，是不容忍真正的民主的。

楊、江：當穆旦在美國留學時，楊振寧、李政道、巫寧坤〔註23〕、穆旦等成立了「研究中國問題小組」，楊、李主張「觀望」，過幾年再回國；巫和穆旦主張回。巫寧坤較穆旦早回國，認為國內很不錯；而穆旦的岳父〔註24〕當時是天津的領導人之一，為副市長，形勢大好。再加上穆旦捨不得母親。回國之後，他和周與良有很多雄心壯志，實際工作也相當積極。他想證明給沒回來的人看，回來了是多麼好。翻譯作品的出版，和巴金很有關係。

後來的「外文系事件」〔註25〕，實際上和當時任南開大學外文系主任的李霽野很有關係，當時查良錚、巫寧坤、李天生因為聯名向李提意見，只是提提意見，並不是「大鳴大放」，就被認為是反黨反革命的小集團。當然，這也包含了一些人對工作積極的穆旦的嫉妒。

〔註23〕本文提及多位和穆旦有關的人名，現據筆者所能查閱的資料略略述及。趙瑞蕻（1915～1998），浙江永嘉（溫州）人，與穆旦同級，初為南開大學學生，後與穆旦同宿舍，後為外國文學研究者，其回憶聯大學習生活的文章收入《離亂絃歌憶舊遊》，文匯出版社，2000 年版。巫寧坤（1920～2019），江蘇江都（揚州）人，1939 年入外文系，後留學美國，1951 年回國。有自傳《一滴淚》，〔臺灣〕遠景出版事業有限公司，2002 年版。胡祖望，低穆旦兩級，為南開大學電機工程學系。陸智常（1916～2014），與穆旦同級，為北京大學數學系。楊振寧（1922～），安徽合肥人，1938 年入物理學系，後為諾貝爾物理學獎得主。俞維德，江蘇句容人，1942 年入外文系。羅宗明，廣東番禺人，1939 入外文系，為「轉學試讀生」。劉世沫，據 1942 年 6 月 17 日聯大常務委員會第 220 次會議記錄，自該年下學年起，被聘為文學院外國語文學系專任講師。以上關於系、級的資料據《國立西南聯合大學史料》（第 2 卷，會議記錄卷）、（第 5 卷，學生卷）。

〔註24〕即周叔弢（1891～1984），著名實業家和藏書家，去世時為全國政協副主席。

〔註25〕1954 年底，南開大學外文系在關於《紅樓夢》問題的討論會上，穆旦因準備了發言稿而被列入「小集團」。之後，穆旦在抗戰中參加「中國遠征軍」問題被提出，並成為「肅反對象」。

「朋友們也在心理上有所迴避」

問：穆旦所翻譯的多數作品，都是浪漫派的作品，怎麼看這一現象？

杜：他翻譯詩歌是認為對新中國有作用。所翻譯的浪漫派，是因為所學的主要就是這些。他受英詩影響非常大。

楊：翻譯出版和當時的國情有關。奧登等英美詩人根本就不可能被上面接受。1957 年上半年，風氣稍寬鬆，他又開始寫詩，結果因詩遭罪。他本不應寫，比如《我的叔父死了》《九十九家爭鳴記》〔註 26〕，別的人看不懂，只有他們熟悉的人才看得懂。看不懂的人就把它當作毒草。詩也是歷史反革命，是一大罪狀。

50 年代穆旦寫詩不多。60 年代其實也寫有詩，比如在勞改之餘看著遠處鄉村的炊煙也會寫詩，當時他給我的信中就曾有，但信已經被毀〔註 27〕。50 年代，他還把自己所翻譯的普希金的詩歌，如《波爾塔瓦》，送給我和其他朋友。

問：杜老師，據李方老師在《相識在秋天》〔註 28〕裏說，作於 1975 年的《蒼蠅》一詩，受到您的《雞的問題》的影響，能談談當時的情況嗎？

杜：是穆旦在給我信中說的，他自認為受了《雞的問題》的影響。我當時在農村，養雞。

問：江老師，談一談建國之後您和穆旦的交往吧。

江：穆旦在美國一段我不熟。穆旦回國後，工作一向勤奮，從不游手好閒。我曾到天津去看他。他也到過北京，兩人有不少見面機會，但通信不多，當時條件不允許。當時的氣氛相當壓抑。見見面，到公園坐坐。大家心裏都有心事。不談政治，談兒女，談一些生活中可笑的事，有時候，倒也談得海闊天空。比如託人買電視機，沒買上。孩子們排隊去買，費了很大勁，買了回來。結果盡出毛病，修也修不了。他說是「請回了一個寶貝，呼天搶地也沒轍」。1977 年 1 月，穆旦在動手術之前給我寫過一封信，他對死似乎有預感，

〔註 26〕這些詩歌刊登於 1957 年《人民文學》第 7 期及 5 月 7 日的《人民日報》。隨後，相關批判文字見於《詩刊》《人民文學》《人民日報》等處，1958 年 1 月 4 日，《人民日報》刊登了穆旦的檢討書《我上了一課》。

〔註 27〕《穆旦詩全集》無 1958 年到 1974 年間的作品。

〔註 28〕刊（香港）《詩雙月刊》總第 39 期，1998 年。按：穆旦所談到的《蒼蠅》受杜詩「影響」的觀點，出自 1976 年 6 月 28 日致杜運燮的信，見《穆旦詩文集·2》（第 3 卷），第 175 頁。

這一點，我已在一篇文章中談到〔註29〕。

　　總的情況是，當時穆旦的心情壓抑，精神世界也不明朗。我們的聯繫並不很多。有兩方面原因，一是組織上有招呼，要少和穆旦聯繫；一是，我自己，朋友們也在心理上有所迴避。

　　問：在穆旦晚年，他並不希望自己的子女學文〔註30〕，這個問題該怎麼看？

　　杜：當時，我和穆旦並不很近。

　　楊：我們也不希望自己的子女學文，我們也都覺得不學文還好些。而且他也管不了他的子女，兒子都下放到內蒙古了。當初，他是帶著理想回來的，覺得回來安定了，就可以生孩子了〔註31〕。他岳父解放後是天津市副市長，有名的民主人士，形勢大好。沒想到會出現那些亂七八糟的事。他總覺得對不起自己的子女。

　　問：關於穆旦，有沒有新的出版計劃？

　　杜：目前正在籌備《穆旦全集》出版事宜。已定由安徽教育出版社，預計 10 卷，包括翻譯和書信等。穆旦在《新報》時期的文字也已派人去取錄〔註32〕。但有兩個問題，一是穆旦在東北一段，寫作情況到底怎樣？一是當初從昆明到北京、東北之際的寫做到底怎樣？

　　　　　　　　　　2002 年 8 月 12 日整理；2004 年 6 月 18 日定稿

〔註29〕江瑞熙：《詩情常在，餘韻綿綿──紀念詩人穆旦逝世十週年》，《一個民族已經起來》，第 158～164 頁。文中提及的穆旦信為 1977 年 1 月 1 日來信，其中寫到：「我在目前腿的情況下（他半年前不慎跌傷，腿疾久治不愈）去北京是危險的，除非在北京的醫院開刀，因為天津醫院不能解決。那就可見到你們，但也許可能死掉，那就完了。目前為此不決。新年應有展望的熱情……」

〔註30〕目前穆旦四個子女均定居美國，除次女為教育系碩士外，其他三人均為獲得了碩士或博士學位的高級醫學工作人員。

〔註31〕穆旦與周與良於 1949 年 12 月 23 日結婚。第一個孩子查英傳出生於 1953 年 12 月 8 日，後來下放到內蒙古的為查英傳一人，其他三個孩子均留在天津。

〔註32〕此事後有變更，據李方先生所言，《穆旦全集》現已預備由人民文學出版社出版。穆旦在《新報》期間的不少文字將收錄。不過，一個問題是，穆旦在這一時期寫的文字多半未署名，收錄時只能有所割捨了。

補　記

　　本次訪談進行的時候，一些重要的穆旦相關文獻的整理出版尚在進行之中，如所稱《穆旦全集》，後以文集的形式由人民文學出版社出版，即 8 卷本《穆旦（查良錚）譯文集》（2005 年）、兩卷本《穆旦詩文集》（2006 年）。囿於所掌握的文獻，談話中所涉及的文獻或有不全或錯漏之處。本次錄入時，保留了談話的原貌，注釋內容則略作了一些修訂。

2021 年 1 月 20 日

後　記

　　每當新年伊始，總期待一些好運氣。很多時候都歸於平淡，但偶而也真的運氣降臨。

　　西曆 2021 年伊始，先是友人建海兄一再催促、勉勵，聯繫印刷廠，歷年來的詩歌得以結集印行，雖只是薄薄的一小冊，但終歸也可說是有詩集的人了，心中喜悅。緊接著，又收到李怡老師的信息，邀約在花木蘭出版一本著作。這也真是意外的驚喜，先前看過一些朋友們在花木蘭所出版的著作，精裝、大氣，拿在手裏、擺在書架上都很有質感，沒想到自己這麼快也有了這機會。

　　驚喜歸驚喜，這本書在內容選輯方面費了一些心思。有過幾種方案，先是想過整理新詩研究論集或現當代文學文獻方面的文集，但在 2017 年和 2020 年的時候已經分別出過專題著作，將已出過的書直接拿來再出似無益處。後又想過出一本彭燕郊專題文獻集，這些年在彭燕郊文獻的搜集、整理與研究方面做了不少工作，剛剛過去的 2020 年又為彭燕郊誕辰百年，論文結集出版當能引起對於彭燕郊的更多關注，但感覺目前的時機還不太合適。最終，又轉回到穆旦，確定出一本穆旦研究論集。

　　這自然也是壓力所在，蓋因自己之前已經出過幾本關於穆旦的書，包括《穆旦與中國新詩的歷史建構》《穆旦年譜》（2010）、《穆旦評傳》（2012）、《穆旦詩編年匯校》（2019），涵蓋了史論、年譜、評傳、版本等不同層面。但說起來，有兩本距今已超過十年，有一本也已接近十年，而最近的一本則主要是文獻版本的校勘。十餘年來，穆旦相關文獻的發掘以及穆旦研究又有了很大的進展，檢視自己近年來若干新寫的相關論文，主要也是基於各類新文

獻以及版本校勘所展開的，多少有些新意和獨異之處，與此前的著作不相重疊，且也夠一本書的篇幅。但鑒於本書的出版機構不在國內，且可能散播到歐美、澳洲的一些圖書館，讀者群體不同，對於穆旦的熟悉程度也有差異，最終編選的時候還是做了一定程度的協調——從此前的系列著作中抽取了主題鮮明的幾篇（均經過較大的修改），以使全書在整體上盡可能涵蓋更多的方面。即便如此，本書也非完整的「穆旦論」，而是大致按照專題分六輯，每輯兩篇，均為篇幅較大的論文，涵蓋了版本批評與文獻校讀、個人寫作與文學傳統、愛情與愛情詩的寫作、新的時代語境下的寫作與翻譯、檔案材料的獲取與利用、集外文及相關問題等方面。以穆旦為中心所展開的各類研究，力圖揭示穆旦寫作的豐富性與複雜性，並透現二十世紀中國知識分子的歷史境遇，輻射現當代文學史、文化史的若干重要議題。書名「一個中國新詩人」出自王佐良在 1940 年代的同名評論，此文開啟了穆旦研究的局勢，日後也為學界所倚重，並引發了持續的討論。當然，今日襲用之，還在於穆旦本身所包含的「新」意義：穆旦的寫作（包括修改）仍有深入的空間，可待繼續估量；而基於若干新文獻，「穆旦」所觸發的諸種議題，也有著比較廣泛的意義。

本書的出版，要特別感謝李怡老師。回想起來，與李老師認識十多年來，且不說別的，關於穆旦就過多次交集，先是《穆旦年譜》初版，李老師賜序，給予了熱切的鼓勵。後又一起編選兩卷本《穆旦研究資料》，作為「中國文學史資料全編·現代卷」之一種，於 2013 年初出版。同時，在穆旦研究論文與相關專輯的發表方面，李老師也多次照拂。此中情誼令我倍感溫暖，也敦促我在學術道路上不斷沉潛，踏實前行。同時，也要感謝花木蘭文化出版社所提供的出版機會，令本人的穆旦研究有機會得到更廣泛的傳播。感謝楊嘉樂先生為本書出版所做的具體工作和所付出的種種努力。

本書的篇章，依序曾刊載於《中國現代文學研究叢刊》《長沙理工大學學報（社科版）》《魯迅研究月刊》《現代中文學刊》《揚子江評論》《南方文壇》《文學評論》《文藝爭鳴》《現代中國文化與文學》《新詩評論》等刊物，也要感謝你們的大力支持。各篇收錄本書時，出於體例統一、材料補入、觀點微調等方面的考慮，有小幅修訂。

最後還想說的是，這本書出版的時候，我已經從工作了二十年的單位離開——從湘江的東邊到了西邊，去到了另一所大學。所以，這本書的編選與出版，跟這個新的開始正相契合，這使得它有了更特別的意義。為此，也要

感謝各位舊雨新知的理解、支持與陪伴。

　　本書的研究對象穆旦是一位詩人，同時也是詩歌翻譯家，所以還是那句話：愛詩者，將與詩同在。

　　　　　　　　　　　　　　　　　　　　　2021 年 2 月 16 日